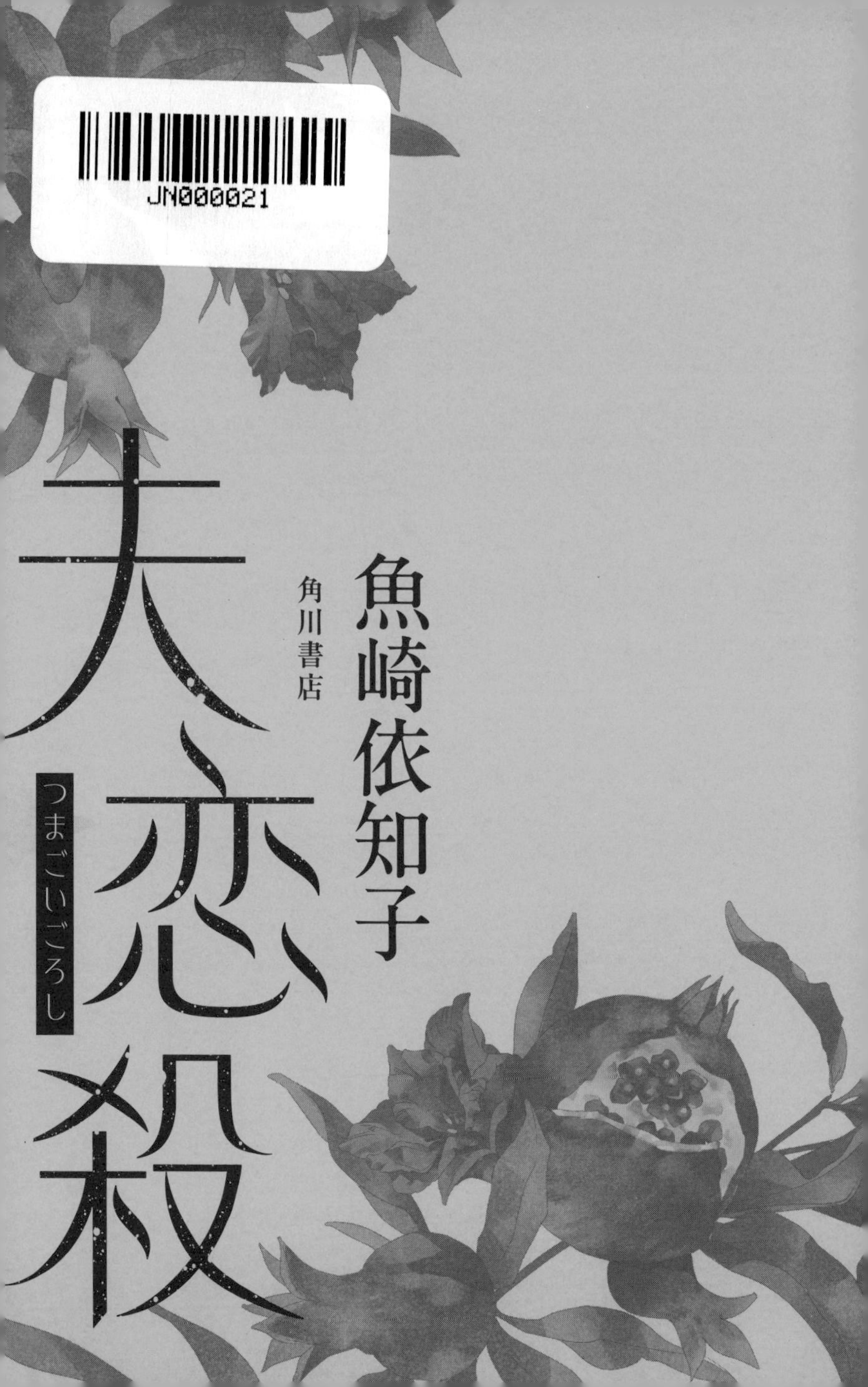
JN000021
夫恋殺
つまごいごろし
魚崎依知子
角川書店

夫恋殺

つまごいごろし

目次

装画　ＹＵＥ
装幀　原田郁麻

一、わたしといっしょ

仕上がった依頼の品々を丁寧に畳み、伝票と共に衣装ケースへと収めていく。虫食いの穴が開いた小紋、レース生地のほつれたワンピース、ポケットの玉縁部分が傷んだスーツのパンツ。今回はどれも生地や状態が良く、きれいにかけつぎできた。

出掛ける準備を整え、テレビのリモコンを手にする。つけっぱなしにしていたテレビでは、ワイドショーが始まっていた。代わり映えしないゴシップやシルバーウィークの話題に交じり、こんな田舎で起きた悲劇も報じられている。映し出された古民家風の一軒家は、建ってまだ一年も経っていない新築だという。その割に荒れたエクステリアが気になるものの、ともかくそこの湯船で数日前、女性が死亡した。煮え湯のような温度だったらしい。聞く限りでは給湯システムの故障に思えるが、事件と事故の両方で捜査しているのなら、疑わしい要素もあるのだろう。

まあ、どちらにしろ私にはもう関係のない話だ。テレビを消し、衣装ケースを抱えて外へ向かった。

自宅マンションから車で五分ほど、古びた商店街の一角に位置する『斎木かけつぎ店』は父方の叔母が営む店だ。

訳あって私は幼い頃から引きこもりがちで、それを心配した祖母にあらゆるところに連れ出されていた。少しでも外との繋がりを持たせようとしたのだろうが、そのほとんどは私を更に追い詰めて息苦しくさせるものだった。ただその中で、一つだけ時間を忘れて集中できるものがあった。それが、叔母が試しにさせてみたかけつぎだ。

以来、共糸や共布を利用して穴を埋める「織り込み」や「差し込み」、問題のある箇所を切り取って共布をはめ込む「きりばみ」など、叔母からかけつぎや補修の技術を余すところなく教わりながら育った。十六歳でアルバイトとして入り、高校卒業後に迷わず就職して住み込みの職人となった。二十五歳で結婚を機に独立して以来十年、今は顧客や叔母から仕事を請け負い在宅で働いている。

「お世話になりまーす、仕上げ品持って来ました」

店内に入って声を掛けると、カウンターの奥から叔母がのっそりと現れる。今年六十三、若い頃は華奢だったのが更年期の到来と共に増量してそのままだ。色白の頰は丸く張り、腫れぼったい瞼の目は垂れて小さくなった。黒々と染めたおかっぱ頭と相まって、すっかり年齢不詳の見た目だ。

「おつかれさま。頼んでたの、全部?」

うん、と答えつつ衣装ケースの中から依頼品を取り出して並べていく。叔母は胸にぶら下げていた老眼鏡を掛け、職人の目で仕事を終えた品をチェックする。未だに緊張する一瞬だ。

「うん、いいね。完璧」

叔母は一つ一つ手にとって仕上がりを確かめたあと、老眼鏡を外して依頼品を奥へと運ぶ。のれんの向こうにちらりと見えた作業場では着物のリメイク中か、解かれた生地がトルソーに巻きつけられていた。

「じゃあこれ、次の依頼品ね。全部泰生くんのよ」

黒っぽい塊を抱えて戻ってきた叔母は、久し振りに聞く名前を口にした。九月だし、転勤があったのかもしれない。

「また転勤で？」

「いや、そうじゃなくてあれよ。この前、お風呂で女の人が死んだでしょ？　そこの給湯設備、センバのなんだって」

「そうなんだ」

驚く私の前に、叔母は泰生のスーツとYシャツを並べていく。かけつぎと、お直しか。

「その件で本社から送り込まれたそうよ。しばらくこっちにいるから澪子にもよろしくって」

「また、そんな暢気なこと言って」

苦笑して、並べられた依頼品を手に取りチェックに入る。まずは全体の状態と問題の箇所を確かめ、適した補修方法を吟味しなければならない。生地の素材や状態によっては、かけつぎができても跡が目立ってしまう可能性もある。

「あの件、真志（まさし）さんが担当？」

「どうかな、知らない。しばらく会ってないし」

離婚を切り出して、もうすぐ二年。そろそろ諦（あきら）めて届に判を押して欲しいが、逃げられ続けている。

「このスーツ上は襟と袖口（そでぐち）に傷み、こっちの上とＹシャツは袖口のボタンが取れたって。このネクタイとズボンは、糸引きの補修」

素っ気ない私の答えに、叔母は話題を仕事へと移す。上着とパンツは手触りの良いウール、ネクタイはタイシルク、Ｙシャツは混紡か。今も、質の良いものを丁寧に着ているらしい。

「相変わらず、ボタンを付け直してくれる相手もいないのね」

「おかげでこちらは稼がせてもらえるから、ありがたいけどね」

Ｙシャツのボタン付けは二百円、スーツは千円だ。大きな稼ぎにはならなくても、ありがたい。

一つ一つ手作業で行われるかけつぎの技術料は高めだが、依頼がコンスタントにあるわけではない。特にファストファッションが幅を利かせる今は、かけつぎ料金より安い服なんてざらにある。多くの人は千円のＴシャツに五千円払ってかけつぎするより、捨てて新しい一枚を買う方を選ぶだろう。

結果、店に持ち込まれるのはほぼブランドものかオーダーメイドの高級品だが、都会ならまだしも田舎では絶対数が少ないのだ。私は美術品扱いの民族衣装や寺院の曼荼羅など単価の高い仕事も受けているものの、月給に換算すればそれほどではない。技術は貴重でも、これだけで食べていくのは難しい仕事だ。真志の首根っこを引っ摑まえて判を押させられない理由は、私にもある。

「じゃあ、帰るね」

依頼品を空いたばかりの衣装ケースに収めて、蓋を閉める。

「うん。伝票に泰生くんの連絡先書いてあるから、直接取りに来てもらって」

叔母の追伸に、持ち上げ掛けた手を止めた。

「変な気を回さないで。迷惑でしょ」

「いいじゃない、会いたがってたし」

たしなめたが、叔母はまるで気にしない様子でそっぽを向く。

叔母は元々かけつぎの職人だったが、二十五歳の時に見合い結婚をして家庭に入った。でも夫の暴力を理由にすぐ離婚して仕事を再開し、三十歳でこの店を開いた。一九八〇年代後半の離婚はまだ「よくあること」ではなく、特に戦前生まれの祖父母は良い顔をしなかったらしい。結局勘当の形で離れた数年後に、祖父は脳梗塞で死んだ。その葬式で祖母とは和解して、今は程良い距離感で付き合っている。

「うちは、うちのタイミングで離婚するから」

自分が早々に見切りをつけて離婚したから、未だ燻っている私に気を揉んでいるのだろう。若い頃はそうでもなかったが、年を追う毎にクセが強くなりつつある。とはいえ、私が叔母にただならぬ心配を掛け続けているのは確かだ。

「じゃあ、本当に帰るね」

一息ついて衣装ケースを抱え直し、店を出た。

帰宅後、作業台に依頼品を広げて再び補修する箇所を確かめる。どれもそれほど大きなものではないから、一週間でいいだろう。手に取った伝票には、携帯番号に加えてメールアドレスが記入されていた。電話をかけるよりは、メールの方がいい。

携帯を手にした時、玄関で音がする。チャイムを鳴らさないのは、客ではないからだろう。携帯を置いて振り向いた先で、作業部屋のドアが開いた。

「澪子、悪い。頼む」

黒々としたものを背負って現れた真志は、具合悪げに床へ腰を下ろして背を丸める。疲れ切った様子で眼鏡を外し狭い眉間を揉む指先は、相変わらず瘦せて尖っていた。

「どす黒いけど、溜め込んでたの？」

「いや、ちょっと前に急に来た。今抱えてる現場のせいだろうな」

後ろへ回って背中に向けた手が、ふと止まる。

「それって、お風呂で女の人が死んだ事故？」

尋ねた私に、真志は肩越しに鋭い視線を向けた。ああ、しまった。

「珍しいな。気になるのか」

「そうじゃないけど」

真志の仕事内容は、暗黙の了解と消え失せた関心により、長らく踏み込んだことのない話題だ。もちろん最初からこうだったわけではなく、はぐらかされたりごまかされたりしているうちに学んだのだ。真志が話すこと以外、仕事について聞いてはいけない。

真志と出会ったのは二十三歳の春、叔母の店に泥棒が入った事件が切っ掛けだった。

あんな小さな店に大金なんてあるはずもないのに、犯人はよほど金に困っていたのだろう。真夜中、階下で聞こえ始めた物音に、目覚めた叔母と抱き合って息をひそめた。通報の声に気づかれるのが恐ろしくて、ただ震えながらそのまま去ってくれることを祈った。

幸い犯人と対面する悲劇は起きなかったが、物音が消えてもまだ潜んでいるような気がして、怖くてたまらなかった。結局、通報できたのは空が白み始めてからだった。

最初にパトカーで訪れた警察官達は、ひととおり調べて玄関の鍵が壊されていたこととレジの金が盗まれていたことを明らかにしてくれた。それを引き継ぐようにして現れたのが、驚くほど人相の悪い刑事達だった。揃って警察手帳を開いて見せられ、戸惑ったのを覚えている。

最初に名乗った警部補の伏丘は、五十半ばくらいの厳つい男だった。四角い顔はよく日に焼けていたが艶がなく、眉間には消えそうにない深い皺が刻まれていた。険のある表情と視線に、刑事の業を感じずにはいられなかった。

続いて、巡査の真志が名乗った。少し吊(つ)った目尻(めじり)と下向きに尖った鼻先、薄い唇と細い顎(あご)。銀縁眼鏡の向こうから冷ややかに見下ろすその第一印象は、「頭良さそうだけどなんか怖い人」だった。

あの頃も今と同じようにどす黒いものを背負っていて、顔色が優れず具合悪そうにふらついていた。求めなくても私の目にそれが見えてしまうように、真志は背負ってしまうのだろう。少し薄くなったと思ったら翌日にはまた濃くなっていて、日に日に目が離せなくなっていった。

多分、通りすがりの人ならあのまま見ないふりをしていたはずだ。でも真志は私達の不安や恐怖に寄り添い、二万円ほどの被害にもかかわらず熱心に捜査を続けた。私達が売上金奪還ではなく安心のために犯人逮捕を願っていることを、理解してくれたのだ。そして「必ず捕まえます」の約束どおり、犯人は逮捕された。その礼として、背負っていた「障り」を消したのだ。

――今、何をしたんですか。

突然楽になった体に真志は当然のように驚き、理由を尋ねた。

――どうしてか分からないけど、幼い頃から人に憑(つ)いた黒いものが見えるんです。

まあ、人の形だったことはないし、体調を崩している人のものしか見えないから「障り」と呼んでいるだけで、正確な名前は知らない。「黒っぽくてさらさらしたもの」から「どす黒くてべったりしたもの」まで、質感は様々だし症状もピンキリだ。でも幼い頃の私にとって、得体の知れない黒いものに苦しめられている人の姿は恐怖でしかなかった。人の多い場所に行くのを嫌って引きこもりがちになったのも、致し方のないことだろう。「くろいのがみえるからいや」と訴えたところで、家族は誰も理解してくれなかった。

——そんなもの、いるわけないでしょう。変なことを言わないでちょうだい。

母はいつも、眉根を少しだけ寄せて厭わしげに言った。

それはともかく、打ち明けた秘密のせいで目をつけられてしまったらしい。熱心に口説かれて付き合い、最後は半ば押し切られる形で結婚した。私が二十五、真志は二十八だった。

「離婚しても、障りはこれまでどおり払うのに。お金を取ったりしないし」

二年前から繰り返し伝えている条件に、真志は溜め息で応えたあと黙る。離婚したい私としたくない真志で話し合いは平行線のまま、単身赴任が終わったところで生活は何も変わらない。元々、ほとんど家にいなかった夫だ。

期待しては傷つき、信じては裏切られ、この十年で心がずたぼろになった。私は「刑事の妻」を全うできるほど強くはないし、これ以上強くなれない。

一息ついていつもどおり障りに手を突っ込み、真志の背中へ触れる。触れているだけで障りが消えていくのは、小学三年生の時に発見した。泰生のつらさを少しでも和らげたくて、触れた時だった。

——澪ちゃんが助けてくれたんだね。ありがとう。

驚いて手を見つめる私に、血色を取り戻した泰生は嬉しそうに笑った。

「今日のは、結構しぶといね」

いつもより濃密な障りは、沼のような感触だ。亡くなった女性の無念が詰まっているのかもしれない。

「大丈夫そうか」

「うん、なんとか」

触れ続けることしばらく、障りが薄くなるにつれて真志の息が深くなっていくのが分かる。これを良かったと思う気持ちが残っているうちに、もう私を自由に。

胸に湧く痛みに俯いた瞬間、障りが再び色を濃くして私に襲い掛かる。悲鳴を上げる間もなく呑み込まれた暗闇の中には、悪意に満ちたいくつかの手が待ち構えていた。

「澪子！」

声に呼び戻されて目を開くと、悲痛な表情を浮かべる真志の顔があった。ああ、と顔をさすり上げて長い息を吐く。

「大丈夫か。急に意識を失って倒れたんだ」

「障りに呑まれたみたい。初めてだから、びっくりした」

腕の中から体を起こし、まだ早鐘を打つ胸を押さえる。あの悪意が亡くなった女性に向けられていたのだとしたら、相当なものだ。考えられることは、一つしかない。

「亡くなった女性、いじめに遭ってたってことはない？　呑まれた先で、悪意に満ちた手が見えたの。三、四人くらいの」

　踏み込むべきではないと分かっているが、見えてしまったものは無視できない。真志は少し黙ったあと、私の前に胡座を掻いて座り直した。ひょろっとして背が高く肩や腰も細いが、警察学校では柔道を選択して過去には警察柔道大会にも出たらしい。

「いじめかどうか分からねえけど、夫の話だと数ヶ月前から精神疾患を抱えてはいた。あの日は自殺を考えて梁に首吊り用の紐を準備したあと、風呂に向かってた。職場か、まだ新しい家だから近所トラブルも考えられるな」

　――仕事の話なんて、聞いても救われない気分になるだけだ。

　初めて聞いた仕事の話は、確かに一つも救いがない。ただそれでも、以前の私は聞きたかった。刑事の仕事に興味があったわけではなく、真志のことをもっと知りたかったのだ。

　頷いて腰を上げ、再び作業台へ向かう。

「何してんだ、寝てろ。倒れたんだぞ」

「あれくらいなんともないよ。仕事しないと」

　出来高で食べていく個人事業主に、休んでいる暇などない。財産分与でこのマンションをもらってすぐ売る皮算用はしているが、売ったところで安寧な老後には程遠い。もっと、稼がなければ。

「仙羽泰生?」

「あっ、ちょっと」

音もなく忍び寄り覗き込んだ真志に、慌てて伝票を裏返す。

「勝手に見ないで」

「あのインテリクソ眼鏡、知り合いか」

それは、むしろ自己紹介だろう。

「幼なじみだよ。小さい頃から小学校卒業までこっちにいたから、よく一緒に遊んでた。亡くなった女性の家の給湯システムがセンバだから本社から派遣されてきた話は、さっき店で叔母さんに聞いたとこ」

溜め息交じりに答え、伝票を依頼品の下に隠す。

「そういうことかよ」

真志は舌打ちして、髪を搔き上げる。その袖に糸引きを見つけたが、言ったところで拒否されるのは知っている。これまで、真志の服をかけつぎしたことはない。

「仙羽さんと揉めたの？」

「大したことじゃねえ」

否定しないが、全てを言うわけでもない。聞き飽きた言葉だ。

「そう。じゃあもう行って、あなたも仕事でしょ」

とりあえず簡単なボタン付けからして、糸引き、傷みの順でいくか。そうだ、仕上がり予定日の連絡をしておかなければ。

「今日の晩、帰るわ」

想定外の台詞に振り向くが、真志の姿はもうドアの向こうへと消えていた。玄関を出て行く足音を聞き終えて、再び携帯を手にする。

「もう、いい加減にして」

新婚の時ですら、用意した食事がメール一本で無駄になるのはしょっちゅうだった。メールさえなかったことも一度や二度ではない。突然帰ってこなくなって数週間音信不通だったり、帰ってこない間に刺されていたりもした。いつどこで何をして何をされたのか、妻として知りたいことはたくさんあった。でも刺された理由さえ、真志は話してくれなかった。

結婚二年目からは単身赴任で転勤し、戻ってくるのは三ヶ月に一度。性欲が溜まった時と障りに耐えられなくなった時だけだった。そんな適当で、子供なんてできるはずもない。

——警部補より出世するつもりはねえから、昇進したら必ず埋め合わせする。

募る孤独に耐えかね離婚を切り出した私を、そう言って引き止めてきたのが二年前だ。そして今春、真志はその警部補となって県西部からこちらへ戻ってきた。でも半年経っても、まるで変わらない。死んでいく心に耐えきれず、結婚指輪を外した。

不意に背後で硬い音がして、糸を探す手を止める。玄関に、何か落ちるようなものがあっただろうか。泰生のシャツを置き、廊下へ向かう。部屋を出て仄暗い玄関を窺うと、たたきに写真立てが落ちているのが見えた。あれは。

「なんで、ここに」

しゃがみこんで手に取った写真立ては、長らく靴箱の奥にしまい込んでいたものだった。

笑顔で写る二人の写真は、両家の親に願われて行った食事会での一枚だ。挙式も披露宴もなかった私達には唯一の堅苦しい席だったが、二人ともよく耐えた。

苦笑で立ち上がった時、ふと足元に重なる影を見る。慌てて振り向いたが、当然誰もいない。ただリビングから漏れる陽射しが、静まり返った廊下に長く伸びているだけだ。

気のせいだろうか。でもなんとなく、いやな感じがする。落ち着かない胸を押さえて深呼吸し、鳥肌が治まるのを待つ。もしかしたら真志が彼女の幽霊を連れてきて、置いていったのかもしれない。この手のものがまるで見えない人に比べれば慣らされてはいるだろうが、「本物」は見たことがないのだ。普通に怖い。

ただでさえ、最近は他人の障りが以前よりはっきり見えたり、なんとなく人型に見えたりする。コンスタントに真志の障りを消し続けているせいだろうか。昔は気にしたことがなかったが、この力を使うほどに、「そちら」へ近づいていくのかもしれない。それなら、少しセーブした方がいいような気がする。幽霊にピントが合う日が来たら、泣いてしまう。

周囲の安全を確かめながらキッチンへ向かい、粗塩を小皿にこんもりと盛って戻る。部屋の前に置いて、ドアを閉めた。これでどれくらい防げるか分からないが、何もしないよりはいいだろう。私は、仕事をしなければならないのだ。

仕上がり予定日を泰生にメールし、シャツのボタン付けから作業に入った。

——澪ちゃんと一緒にいたら、怖くないし寂しくないね。

泰生は、センバの現社長と前妻の間に生まれた息子だ。両親の離婚により母方実家の孝松家があるここへ、確か二歳か三歳の時に母親と共にやって来た。斎木と孝松の家は昔から交流があり、特に祖母同士の仲が良かった。その縁から私と泰生も自然に出会い、仲を深めていった。

私達は同級生で、私は障りが見えるために、泰生は体が弱いために、引きこもりがちだった。でも泰生の体の弱さは生来のものではなく、障りによるものだった。泰生はあんな幼い頃から、障りを背負って生きていた。周囲は原因不明の病だと憐れんで、嘆くだけだった。

初めて障りを消した時の手ざわりと光景は、今でもよく覚えている。どろりとした障りに呑まれて見えなくなっていた泰生が少しずつ姿を現し、やがて息を吹き返したように目を開いて笑顔を見せた。

――澪ちゃんが助けてくれたんだね。ありがとう。

泰生はその後、育つにつれて少しずつ障りを撥ね除けられるようになっていった。東京へ戻ることになった小六の時にはもう、私の助けが不要なほど強くたくましく成長していた。

『久し振りだね、連絡ありがとう。取りに行くからまた連絡して』

泰生からの返事はそつなく、感傷らしきものもない。前回の転勤時を思い出して少し心配したが、さすがにもう大丈夫か。

――俺、大人になったら普通に澪ちゃんと結婚できると思ってた。

十年前は、結婚の報告をした私にとんでもないことを言い放った。

私にとっても泰生は初恋の相手だったから、その未来を考えたことがなかったわけではない。でもその選択に至るには、継続的かつ細やかな交流が絶対的に必要だろう。携帯電話もメールもある時代に育ちながら、なぜ年賀状のやり取りだけで大丈夫だと思ったのか。泰生は昔から鷹揚で穏やかな性質だったが、絶妙な塩梅で抜けているのだ。あれでちゃんと仕事ができているのか、老婆心ながら心配になってしまう。

——あのインテリクソ眼鏡、知り合いか。

まあ、真志と揉められる程度には優秀なのだろうが。

一息ついてルーペを外した時、玄関で音がする。昼間の現象を思い出してびくりとしたが、そうではないらしい。まさか、本当に帰ってきたのか。作業中のパンツを置いて振り向いた時、ドアが開いた。

「なんだ、この塩」

怪訝な表情で窺う真志を、じっと見据える。まさか帰ってくると思わなかったから、夕飯も風呂も準備していない。

「なんだ」

「いや、本当に帰ってきたと思って」

苦笑した私を鼻で笑い、真志は小皿を手に取る。塩の様子に変わりはないが、おかげで作業には集中できた。一定の効果はあるのかもしれない。

「あなたが出て行ったあと、変な感じがしたから塩を盛って置いてたの」

「今日消してもらったやつのせいか」

「多分ね」

七時を過ぎた時計を確かめ、作業台のライトを消して腰を上げる。受け取った小皿を手に、キッチンへ向かった。

「帰ってくると思わなかったから、準備してないよ。適当に出前取って食べて」

「お前は何食うんだ」

「冷食の素うどんだけど」

「俺もそれでいい」

真志は答えながら、ダイニングテーブルの椅子を引き出して座る。それならまあ、ねぎでも刻むか。取り出した鍋(なべ)にいつもより多めに水を入れ、火に掛けた。

「ビール飲むなら買ってくるけど」

「いや、呼び出しがあるかもしれねえからやめとく」

真志は上着を脱いで椅子に掛け、ネクタイを緩めた。そういえば、捜査中か。そんな最中に帰ってくる余裕があったとは。

「警部補になったから、多少融通が利くようになったんだよ」

「何も言ってないよ」

「顔に『帰ってこられるじゃねえかクソが』って書いてある」

「そんなに柄は悪くない」

それでも、外れてはいないのだから性質が悪い。帰ってこないし心は読むし、刑事の夫なんて勧められるものではない。冷凍庫を開けてうどんを取り出したあと、野菜室からねぎと塩蔵わかめを選ぶ。わかめの塩を洗い流し水に浸けたあと、ねぎを刻んだ。

「あのお風呂で亡くなった女性、夫と仲良かった？」

「なんで」

沸騰した湯にうどんを滑らせながら、視線に応える。眼鏡を外しても、刺すような視線は少しも和らがない。

「障りがこんな風に残るのは初めてだから、何か私と引き合うものがあったのかもと思って」

落とすものはなんでも良かったはずなのに、なぜ私達の写真を選んで落としたのかが気になっていた。

「夫はメーカー勤務の営業マンで、家を建てたばっかのとこに辞令が下って四月から単身赴任中だった。でも妻の病気を受けて帰還の申請を出し続けて、結局退職することにしたらしい。会社は、週末に帰って世話しつつうまいことやってくれって考えで、折り合わなかったんだと。あの日は、妻の様子を見るために帰ってきて遺体を発見したらしい」

「そっか、ちゃんと愛されてたんだ。じゃあ違うね」

もしかして、「やり直せ」方面のお節介なのだろうか。そっちは、もっと必要ない。

水洗いして絞ったわかめを一口大に切り、鍋のうどんを確かめる。

「やっぱり、私なら少しは感じ取れるからってだけなのかもね」

食器棚から丼を二つ取り出して、振り向いたところで目が合った。

「えっ、何？」

「なんでもねえよ」

真志は不機嫌そうに返して溜め息をつき、会話を拒否するように携帯を取り出す。まさか、さっきのあれで機嫌を損ねたのか。溜め息をつきたいのは、こちらの方だ。

丼に鍋から引き上げたうどんを二等分し、刻んだわかめを載せる。

「あなたなら帰還の申請なんて出さないし様子見にも帰ってこないし、私が死にそうになってても事件を選ぶでしょ」

刻みねぎを散らしたあと、思い出して天かすとかつおぶしも振り掛ける。

「あなたは、そういう人だもの」

予定では具なしの素うどんだったのに、まともな一品になってしまった。どうしてまだ、こういうことをしてしまうのか。

「先に食べてて。お風呂掃除してお湯入れてくるから」

できあがったうどんとつゆをダイニングテーブルへ運び、バスルームへ向かう。冷たいシャワーを頭から浴びたかったが、三十五歳の解決方法としてはあまりに未熟だ。

手早く風呂を洗い、泡を流す。水を弾く鏡に映る、不安げな表情に溜め息をついた。幼い頃から障りに怯えながら育ったせいなのか、大人になっても顔立ちから線の細さが抜けない。褒められることはあったが、下がり眉と潤み目のせいで、友達には散々「幸薄そう」「未亡人っぽい」と言われ続けた造作だ。年齢と共にこけてきた頬と一つに束ねただけの髪が相まって、近年はますます薄幸具合が加速している。まあ、この十年の結婚生活に相応しい顔つきになったのではないだろうか。真志が判を押さない限りはこの先も、ずっとこのまま。

　虚ろに漂わせていた視線を、ふと滑らす。鏡越しに合った視線に、勢いよく振り向いた。

　誰もいない。でも今、確かに「誰か」と目が合ったのだ。

「何か、言いたいことがあるの?」

　思い切って尋ねてみるが、答えは聞こえてこない。ぞわりと粟立つ落ち着かない肌を撫で、風呂に栓をして蛇口を捻る。湯の温度を確かめて、再びリビングへ戻った。


　真志が帰宅する理由は障りと性欲の解消だから、予告どおり帰ってきたのに驚いただけで、目的に驚く要素はない。でももう、これまでのように受け入れるつもりはなかった。

「着けてね」

　これまでにない要求をした私に、真志は体を起こす。朧な常夜灯に照らされる、筋肉の流れを眺めた。その体に、私の知らない傷はどれくらいあるのだろう。

「持ってねえよ」

「買ってある。そこの引き出し」

　ベッド脇にあるチェストを指差すと、溜め息が聞こえた。

「指輪外して避妊して、次は何したら気が済むんだ」

「判を押してくれたら、それで終わるよ」

「離婚はしねえって言ってるだろ」

「なんで？　もう限界だって、散々言ってるじゃない。あなたは良くても、私はもう……刑事の妻なんて無理だよ」

涙声で訴える私に、真志は黙って顔をさすり上げる。俺は、とぼそりと聞こえた時、背後で携帯が高らかに着信音を鳴らした。

「つざけんなよクソが！」

突然の荒い声にびくりとしたが、だからと言って無視するわけがない音だ。こんな大事な話をしていても、選ぶのは私ではない。

「呼び出しでしょ。もう、行って」

引っ張り上げた布団に肩口まで埋もれ、背を向ける。ベッドの軋む音がして、真志が離れていくのが分かった。ドアの向こうで途切れた呼び出し音は、いつもどおり敗北の合図だ。

洟を啜りながら体を滑らせ、ベッド下に落とされた下着を捜す。指先でブラをつまんだ時、低い視界に薄く透ける足が見えた。……見えてしまった。血の気が引く一方で、全身から汗が噴き出す。胸が早鐘を打ち始め、肌は小刻みに震える。真志を呼びたいが、荒い息を吐くばかりで声が出ない。お願い、気づいて。

「……つか、まえて」

か細く聞こえた女性の声に、固く瞑ったばかりの目を開く。足はもう、消えていた。

そうか、私があの時、尋ねたから。

がばりと体を起こしてベッドから飛び下り、ワンピースだけ被(かぶ)って寝室を出る。玄関の方で、音がした。

待って、と掛けた声に真志は振り向く。ノーネクタイでシャツの前も開けっ放しのだらしなさに、思わず苦笑した。

「なんだ」

「さっき幽霊を見たの、足だけだけど。『捕まえて』って、か細い女の人の声だった。犯人、捕まえて」

女性の願いを託した私を、真志はじっと見据える。

「分かってるよ。それが俺の仕事だ」

少し間を置いて答えたあと、自嘲(じちょう)の笑みを浮かべた。返答に詰まり、なんとなく手を伸ばしてシャツを引き寄せる。黙ったまま、一番上を残してボタンを留めた。

「ネクタイは」

「えっ、じゃあ、出してよ」

戸惑いながら答えると、真志は上着のポケットから丸めたネクタイを取り出す。ぐちゃぐちゃだった。軽く整えてから首に回し、高校卒業以来のネクタイを締めていく。でもあの頃は自分のネクタイだったから、他人のを締めるのは初めてだ。

「太いな」

真志は結び目を確かめながら軽く揺する。

「ごめん、違う結び方が良かった？」

「いや、いい。なら、行ってくる」

「うん。気をつけて」

出て行く背を見送って、長い息を吐く。

犯人を捕まえて、か。

何も考えず滑り落ちた言葉を、胸の内で繰り返す。店に泥棒が入った時も、なんの疑問も持たず頼った。真志は被害者だった私達を守り、決して見捨てなかった。自分の秘密を話してもいいと思えるほどに感謝したから、障りに触れたのだ。

——それが俺の仕事だ。

被害者にとっては、この上なく頼りになる刑事だろう。でも、家族になってしまったら。

今更迷い始めた決断を連れて、ベッドに戻った。


見慣れぬ番号が携帯を鳴らしたのは翌日の昼前だった。

「はい、折辺(おりべ)です」

「もしもし、澪ちゃん？　泰生です。忙しいとこ、ごめんね。今話しても大丈夫？」

予想外の相手に、ルーペを外して伝票を手に取る。私の電話番号は知らせていなかったが、叔母が教えたのだろう。暗躍するのはやめて欲しい。

「大丈夫だよ、どうしたの？」

「実はさっき、シャツを全部クリーニングに出しちゃったことに気づいてね。明日着るシャツがないんだ。澪ちゃんとこに出したやつ、今日取りに行かせてもらえないかな」

泰生らしい抜け具合に懐かしさを感じて、ほっとした。

「いいよ。シャツとスーツ上のボタン付けはもう済んでるから」

「良かった、助かるよ。じゃあ、十二時過ぎに取りに行く」

「了解。住所はメールで送るね」

ありがとう、と明るい礼を最後に通話は終わる。なんとなく温まった胸に感謝して、シャツにアイロンを掛けておくことにした。


予定どおり十二時過ぎに姿を現した泰生に、補修箇所を確認してもらう。

「シャツは、すぐ着られるようにアイロン掛けといたから」

「ありがとう」

大きな垂れ目を緩ませて嬉しそうに笑う泰生は、十年前にはなかった縁なしの眼鏡を掛けていた。楕円形のレンズが、角のない甘い造作によく似合っている。真志は長方形の銀縁だが、あれはあれで尖った顔立ちによく似合っていた。

「ほかのはもう少し掛かるから、予定どおり一週間後でね」

「うん、大丈夫。まだ当分いると思うし」

引っ掛かる言い方に、シャツを畳む手を止める。

「今回の件、そんなに掛かりそうなの？」

「うん。警察に『給湯システムは関係ありませんでした』って謝罪してもらうところまでが仕事だから。謝罪されたところで業界の株価がどれくらい戻るかは分からないけど、このままでは終われない」

メディアでは、センバの給湯システムだとは報じられていない。その分、業界全てで引き受ける形になったのだろう。確かにあれが事件であり給湯システムにはまるで問題がなかったとしたら、いい迷惑どころの話ではない。真志は、どこまで関わっているのだろう。

「あの刑事さん、やっぱり澪ちゃんのご主人？」

「そう。ごめんね、口が悪いでしょ」

「いや、仕事になったら俺も似たようなもんだよ。まだ若いのに警部補なんてすごいね」

口の悪い泰生は想像し難いが、それより初めて聞く真志の評価に戸惑った。

「そうなの？」

「折辺さん、ノンキャリでしょ？　三十八で警部補なんて、一握りだよ」

「そうなんだ。仕事の話は全くしないから」

大卒で地方公務員として働いていることくらいはさすがに知っているが、その程度だ。

「おばさんが、離婚したいのにさせてもらえないって」

身内からの迫撃砲に、項垂（うなだ）れて顔を覆う。叔母が泰生を気に入っていたのは知っているが、それはそれ、これはこれだ。離婚もしないうちに次を勧めるのは、さすがに礼を欠く行為だろう。

「で、『澪子どうよ』って言われたんだけど」

「ごめんね。歳のせいか、年々気遣いと倫理観が磨り減っってて」

「いや、大丈夫だよ。ちゃんと諌めといたから」

予想以上のものが含まれていた泰生の答えに、手の内から顔を上げる。泰生は人懐こい顔でにこりと笑った。

「確かに澪ちゃんのことは好きだから結婚できるものならしたいけど、離婚をしていないうちから手を出したり、それを目的として離婚を促したりするのは人道にもとる行為だと思ってる。何より、そんな行為の片棒を澪ちゃんに担がせたくないしね。子供時代の俺が泣いて怒るよ」

まるで当たり前のように願望を伝えられたが、「そうだね」と無邪気に受け入れられるわけはない。

「クリーンさに安堵する自分と詰めの甘さに頭を抱える自分が、せめぎ合ってる」

苦笑して、シャツとスーツを収めた紙袋を差し出す。

「私は泰生くんの性格を知ってるから大丈夫だけど、既婚者に『好き』とか『結婚できるものならしたい』とか言うのもだめだよ。粉をかけてるみたいだから」

「ああ、本当だ。良くないね、ごめん」

泰生は受け取りながら、すまなそうに苦笑して頬を掻いた。

十年前はおろか、子供の頃から変わらない姿に安堵する。泰生が孝松から仙羽に戻って東京に帰って行ったのは中学校に入る前、実母の死が切っ掛けだった。父親がいるとはいえ、義母や義弟との生活はつらいものだったはずだ。

大人になれば、あんな幼い子供が絶えず障りを背負うおかしさに気づく。あれは死んだ誰かのものではなく、生きている誰かの念だったのだろう。でもあんな暗いものをピンポイントで泰生にぶつける人間なんて、一握りしかいない。

ただ十年前に自らの力で打ち勝って以来、今も泰生の背に障りは見えない。

「話は変わるんだけど、実は今、多分そのお風呂で亡くなった女性の幽霊がうちにいるの。夫が連れて帰ってきたみたいで」

泰生も当然、障りのことはよく知っている。切り出しても驚くことなく、そうなんだ、と頷いた。

「今日はまだないけど、昨日は何度か気配があってね。足が見えた時に『捕まえて』って言われたの。それで事故じゃなくて事件なのかなって思ってるんだけど、あの家にあった給湯システムで人を殺すことはできるの？」

「いや、今回の住宅に設置されていたタイプでは無理だよ」

泰生は受け取った紙袋を置き、表情から笑みを消す。十年前は技術部の主任だったが、今は係長らしい。経営ではなく、技術屋として現場で働く道を選んでいた。

「今回の事件で警察が給湯システムのエラーを疑う理由になったのは、遺体発見時の湯温が九十五度だったことでね。ちなみに、どんなシステムかを簡単に説明すると」

スーツの内ポケットから取り出したメモ帳を開き、簡単な図を描く。

「まず夜間のうちに専用のユニットで湯を沸かして、この屋外タンクに三百リットルから四百リットルくらい溜めておく。そして日中は生活に合わせて、設定された温度になるよう水と混合してから配水管でキッチンやお風呂に送るんだ。お風呂だったら四十度くらいだね。そして警察は第一報に、この混合時にエラーが発生して熱湯を張ったんじゃないかと『事故の可能性』を盛り込んだ。熱湯なのに気づかず足を入れ、そのショックで湯船に滑り落ちて死亡したんじゃないかってね」

確か遺体は朝発見されたと、事件当日の昼前のローカルニュースで報じられていた。全国区のワイドショーに登場したのは多分当日ではなかったが、報道内容は事故に偏っていた。警察が事件と事故の両方で捜査を続けているとしても、メディアは「給湯システムの事故」を強調した方がより視聴者の興味を惹けると判断したのだろう。泰生が丁寧に仕組みを説明してくれた内容は、既にテレビで説明されて知っていた。

「でも、それは不可能なんだよ。このタイプの沸き上げ温度は、確かに九十五度まで設定できる仕様にはなってる。でも調べたらあの家の設定は六十五度で、タンク内にもそれに近い温度の湯が残されていた。六十五度の湯を四十度にはできても、九十五度にはできない。もし沸き上げ機能にエラーが出て九十五度まで沸かしたのなら、湯船だけじゃなくタンク内も九十五度じゃなければおかしいんだ」

泰生はペンを置き、眉をひそめて腕組みをする。確かにその仕様なら、タンクより湯船の湯温が高いのはおかしいだろう。納得できる説明だったが、それならどうして警察は事故の可能性を消さないのか。

「旧型の湯沸かし器なら、考えられないわけじゃない。実際、数年前に他社がそれでそういう事故を起こしてるしね。でもうちは、それも教訓にして安全面の機能を更に向上させてきた。俺が責任者として」

予想外の展開に、泰生を見つめる。

「それで、派遣されてきたの？」

「いや、俺が望んで来たんだよ。このままだとこちらのせいにされるから」

棘（とげ）のある口調に少し驚いたが、思うところがあるのだろう。よく知らない立場で口を挟むべきではない。

「あの家に設置されていたシステムには、最新の安全機能が搭載されてた。なんのエラーログも吐き出さず人を殺す温度の湯を張るなんて、ありえないんだよ。だから今、電力会社とも協力して潔白を証明する証拠を準備してるとこ」

泰生は閉じたメモ帳とペンを内ポケットへ戻し、一息つく。

「あの給湯システムで事故に見せ掛けて殺すより、誰かが風呂に熱湯を張って女性を突き落とす方がよほど難易度は低いよ。これは事故じゃなく、事件だ。どうやったかは知らないけどね。俺は自分の作ったものを信じるよ」

短く鳴った音に気づいて、泰生は携帯を取り出す。しまった、長居させてしまった。

「ごめんね、忙しいのに引き止めちゃった」

「気にしないで、話ができて嬉しかったよ。ああ、あとこれ、差し入れ」

泰生は思い出したように、隣のチェストに置いていた紙袋を差し出す。

「この前ふらっと寄ったパン屋さんがおいしかったから、そこのパン」

受け取って紙袋を開けると、ふわりと立ち上る香ばしさが鼻をくすぐる。急に、お腹が空(す)いてきた。

「わあ、おいしそう。ありがとう」

「一人だとちゃんと食べてないだろうと思って、いろんなの買っといた」

「仕事してると、まあいいかって抜いちゃうんだよねぇ」

紙袋を手に部屋を出て行く泰生の後を、見送りについて行く。

「午後から警察署に行ってくるよ。折辺さんとは毎度けんかしてるけど、別に嫌いじゃないからね。俺も現場の人間だから、上が勝手なこと言った尻拭(しりぬぐ)いをする大変さは身に沁(し)みて知ってる」

「ありがとう」

——あのインテリクソ眼鏡、知り合いか。

精神性と度量の違いを目の当たりにして、苦笑する。真志はもう少し、大人になるべきではないだろうか。

「まあ、それはそれこれはこれで、助けが必要な時はいつでも呼んで。おかげで小金持ちにはなれたから、澪ちゃん一人を夜逃げさせるくらい余裕でできるよ」

「ほんとに、夫のこと嫌いじゃない？」

窺う私に、泰生は明るく笑った。

「じゃあこれ、ありがとう」

「うん。ほかのは全部済んでから連絡するから」

よろしく、と泰生は笑顔でドアを抜け、子供のように手を振った。振り返して見送り、閉じられたドアに一息つく。不意に耳元で聞き慣れない音がして、反射的に視線をやる。何も見えないのは良かったが、胸は何かを察知してざわついていた。まるで、歯軋りするような音だった。事件がすぐに片付かないから、苛立っているのだろうか。

「今、夫が事件を調べてる。もう少し待ってて」

低い上がり框を越え、誰もいない廊下に話し掛ける。見えないが、確かに「いる」のだ。

ふと背後に気配を感じたものの、今度は振り向かない。背中に突き刺さる視線に、大きく吸った息を細く吐く。手のひらに滲み始めた汗をスカートで拭った。

少しずつ、気配が近づいているのが分かる。粟立っていく腕を撫で、恐怖に浅くなる息を深く吸う。できることなら叫んで逃げ出したいが、足は竦んでいるしそんな度胸もない。

「犯人、できるだけ早く見つけるから」

掠れた声で告げるが、消える気配はない。やがて感じ始めた息苦しさに喉を押さえる。何かが、首を絞めていく。慌てて手をやったが、摑めた感触はまるでない。

「お願い、やめて」

顔を仰がせ、荒い息の間に訴える。私は事件を明らかにできる刑事でも、技術者でもない。霊能者とも呼べない、ただ障りが見えるだけの凡人だ。

喉が濁った音を立てた時、急に力が消えて楽になる。崩れ落ちるように座り込んで、ひとしきり荒い咳をした。一気に血が巡ったせいか、顔が熱くてふらふらする。座っていられず、廊下に転がった。

知らず伝い始めた涙を拭い、震える手を握り締めて縮こまる。理解できればいいと甘いことを願っていたが、相手は近づくだけで冷や汗が浮く、障りを生み出すようなものだ。決して相容れないのだと思い知って、洟を啜った。


真志は予想に反して、今日も帰ってきた。でもその理由は、尋ねるまでもない。

「今日も現場に行ったんだね」

「ヤバい現場だと分かってても、行かないわけにはいかねえからな。これのせいで頭が半分も働かねえ」

相変わらずの粘りつくような障りを消し、一息つく。幽霊は現場やうちだけでなくほかの場所にも出没して、障りをばらまいているのかもしれない。早く、解決しなければ。

「お前、御守みたいなもん作れねえのか。数珠とかいろいろあるだろ」

「でも数珠はパワーストーンが必要でしょ。これから注文してたら遅くなる」

　今あるものといえば布と糸。ああ、そうか。

「ミサンガならあるもので作れるよ。どれくらい効果があるか分からないけど、あとで作ってみる」

　地味な色味の刺繍糸を選べば、腕に着けていてもそれほど目立たないだろう。

「なんでもいいから頼む」

「分かった。ごはん食べたら作るよ」

　顔色の戻った真志は、血を巡らせるように首や肩を回す。本当は霊験あらたかな神社仏閣の御守がいいだろうが、調べるにも取り寄せるにも時間が掛かってしまう。ミサンガは、とりあえずの繫ぎだ。

　一仕事を終え、傍らの紙袋を手に部屋を出る。結局、心身へのダメージが大きすぎてパンは夕食に持ち越しになってしまった。

「夕食、パンだよ。今日、仙羽さんが差し入れでくれたやつ」

「俺は食わん。家に入れてねえだろうな」

「入れたよ、お客様だもん。仕上がった分を取りに来たの」

「自宅で襲われるパターンの加害者は、ほとんどが顔見知りだぞ」

　溜め息交じりに返すと、刑事が忠告する。確かに、普段はそれを避けるために男性客は店を通すようにしている。叔母だ。叔母が問題なのだ。

「ただでさえ現場行って具合悪くなってんのに、あいつに会って余計酷くなったわ」

「仕方ないでしょ、仙羽さんも技術屋のプライドがあるんだから。『給湯システムは関係ありませんでした』って警察が謝罪するまで帰らないって言ってたよ」

私はキッチンへ向かい、真志は昨日と同じようにダイニングテーブルの椅子にどさりと腰を下ろす。疲れた表情を一瞥して、紙袋から一つ目のパンを取り出す。くるみパンは一番好きなパンだ。

「上が頭下げねえことくらい、分かってるくせにな」

ぼそりと聞こえた声に、視線をやった。

真志はネクタイを解こうとして、簡単に解けないことに気づいたらしい。ウィンザーノットは、ノットの形はきれいだが解く時が面倒臭いのだ。

「頭下げるとしても現場だけ、要は俺だよ。あいつは、俺が頭下げるのを待ってんだ」

どうなってんだ、と指を引っ掛けて格闘する姿に、取り出した二つ目のパンを置いて助けに向かう。

——俺も現場の人間だから、上が勝手なこと言った尻拭いをする大変さは身に沁みて知ってる。

上の代わりに下の者が頭を下げるのは、よくあることなのだろう。泰生は、相手が真志でなくても同じように謝罪を求めていたはずだ。逆に言えば、真志だからといって求めなくなるわけがない。それは、私情を挟みすぎだ。

「次は、もっとシンプルなのにするよ」

次、と言ったあとで不自然さに気づいたが、訂正するほどのことでもない。ぐるぐると巻きつけていた流れを解くと、真志は眼鏡を外して私に抱きついた。

「あいつには、下げたくねえなあ」

ブラウス越しの熱が、みぞおちの辺りを温める。これまでにない行動にうろたえつつ、手持ち無沙汰な手を真志の頭にやった。

「あ、白髪」

「抜くなよ、ハゲる」

即座に返った答えに笑う。今のところそんな気配はないが、十年後は分からない。

十年後、か。

不意に鳴り始めた着信音に、真志は舌打ちをして体を起こす。携帯を手に廊下へ消える姿を見送って、キッチンへ戻った。滲むように拡がっていく寂しさに、溜め息をつく。

この感覚さえなければ十年でも二十年でもここにいて、刑事の妻もしていられるだろう。真志の稼ぎだけを目当てにして、自分の仕事や好きなことだけしていればいい。よほどの無駄遣いをしなければ、真志が腹を立てることもない。

私も、割り切ってそう変わろうとしたことはある。でも、無理だった。「金で磨かれた美しい私」や「高級ランチに舌鼓を打つ贅沢」は、心を満たすにはあまりに力不足だったのだ。

一通り経験して残ったのは虚しさと一層深まった孤独、なんの責任も取ってくれない流行を追い掛けた罪悪感だけ。気を紛らわせるために実家へ行ったところで、祖母と母には子供はまだかと催促され、父にはしっかり支えろとたしなめられるだけで理解はされない。

趣味の読書にも没頭してみたが、読めば読むほど感受性が研ぎ澄まされて、感情の収拾がつかなくなって諦めた。要は元々の性質が、絶望的に刑事の妻に向いていないのだ。


「着替えて出る」


真志はダイニングに戻ってくると、そのまま自分の部屋へ入った。

私が刑事との結婚生活の実情に疎かったのはともかく、真志は知っていたし、その洞察力で私には向かないことも分かっていたはずだ。それでも選んだ理由は、障りを消せるからだろう。必要とされているのはこの力であって私ではない。でもどこかで、まだ……割り切れないのだ。

離婚を願っているのは間違いないのに、未だ相反する願いを抱く日がある。もしかしたら、と諦めの悪い心が潰えたはずの夢に縋ってしまう。そんなことは、あるわけがないのに。

パンを出し終えた紙袋を畳み、揺れる胸を静めて真志の部屋へ向かう。真志は早速、着替えに取り掛かっていた。


「しばらく留守にする。二日分、着替え準備してくれ」


「しばらく」の割に着替え枚数が少ない理由は、知っている。

新婚の頃、ろくに帰ってこないで洗濯物や風呂をどうしているのかが疑問だった。真志の答えはコインランドリーと銭湯だったが、実際はそうではなかった。久し振りに通帳記入をした時、独身時代に借りていた部屋をそのまま借り続けていることに気づいた。単身赴任になったあと引き落としは途切れたが、今春、また復活した。

浮気をする暇があるなら仕事をするだろうから、そこは疑っていない。多分捜査の最中は、捜査のことだけを考えていたいのだろう。私ごときが、仕事に敵(かな)うわけがないのだ。

要求された二日分の着替えを揃え、スーツをガーメントバッグに入れる。

「澪子」

呼ばれて振り向くと、真志がネクタイを差し出す。黙って受け取り、今日は一番簡単な結び目を作っていく。

「今のが片付いたら休み取るから、旅行でも行くか」

静めたばかりの胸を思い切り揺らす台詞に、手元がブレる。一旦(いったん)解(ほど)いて、もう一度結び直すことにした。

「行かない」

「澪子」

「期待して裏切られるのは、もういやなの」

今度はちゃんとできた結び目を胸元に収めて、整える。

「できたよ。いってらっしゃい」

顔を見ないまま告げた言葉は、突き放すように響く。真志は黙って、私の前から消えた。

振り向かないまま追っていた音は、すぐに聞こえなくなった。顔を覆い、長い息を吐く。

不意に刻むような笑い声がして、ゆっくりと手の内から顔を上げる。震えと汗、粟立つ肌の反応にも慣れてきた。でも、もう分かり合えないと知っている。

「わ、たしと……いっしょ」

背後から聞こえた女性の声に、目を見開く。続いた忍び笑いは卑屈で、決して心地よいものではなかった。わたしといっしょ、か。

やがて気配が消えるのを待って、キッチンへ戻った。


——死亡した事件との関連性を、引き続き調べています。

あの家で女性の夫が自殺したと知ったのは、翌日のニュースだった。でも背後で鳴った固定電話の方が、より私を愕然（がくぜん）とさせる知らせを告げた。

タクシーの運転手に二千円を握らせて降り、救急入口に駆け込む。

「あの、すみません。先程こちらに運び込まれた折辺は、どちらに」

廊下を歩く看護師を捕まえて尋ねる背後で、奥さん、と声がした。振り向くと、胡麻塩（ごましお）頭の男性が軽く頭を下げる。看護師と会釈で別れ、改めて頭を下げあった。

真志は現場で倒れて意識を失い、救急車で搬送されている最中に意識を取り戻したらしい。頭を打ったためCT検査を受け、今は点滴中だった。真志は自分に何かあっても私には連絡しないよう周りに言っていたが、過労に加えて最近ずっと「嫁に逃げられる」とぼやいていたため気遣われたらしい。

——昨日、「詰んだ気がする」と言ってたんで。あなたの話、よくされてますよ。

私には全く仕事の話をしないくせに、職場では私の話をしていたのか。話題にできるほど、一緒にいたこともないくせに。

私以外誰もいない待合室の片隅で、スカートのポケットからできたばかりのミサンガを取り出す。スーツの袖から見えても目立ちにくいように、ひとまずダークグレー一色にした。高校時代、サッカー部のマネージャーをしていた友達に頼まれて量産したが、あの時以上に必要なものを込められていない気がする。

溜め息をついてポケットに突っ込んだ時、処置室のドアが引かれて真志が現れる。視線が合った瞬間、ぶわりと涙が湧き上がるのが分かった。急に震え始めた手で顔を覆い、抑えられない感情の濁流を必死に宥(なだ)める。影が近づき、隣に座ったのが分かった。

「泣くな、生きてるだろ」

「分かってるけど、止まらないの」

答えて、しゃくりあげる。私だって、救急外来で啜り泣くような不吉な存在になりたかったわけではない。でも、止まらないのだ。

「こうなるって分かってたから、知らせねえようにしてたんだよ」

拭っては伝う涙をそれでも拭いながら、隣を見る。今日も相変わらず、真志はどす黒い障りを背負っていた。なんとなく、酷くなっている気がする。

「お前が向いてねえのは、俺が一番よく分かってる」

でも、と続けようとした時、ファイルを手にした看護師が真志を呼んだ。一息ついて腰を上げ、真志は看護師の元へ向かう。

——ほんとに、いいんですか。この子は昔から内にこもりがちで、誰かと話すより一人で針を動かすのを好むような性格で。気弱で脆いところがありますし、取り柄は手先が器用なことくらいです。しっかりしてなきゃいけない刑事さんの妻が務まるかどうか。

母が顔合わせの席で口にした率直な評価は、今も忘れられない。父も「下の娘でしたら快活なので安心してお任せできるのですが」と妹を引き合いに出して渋った。

確かに妹は昔から活発で物怖じしない子で、高校と大学ではチアリーディングで活躍した。その後チアリーディングを極めたいと渡米し、向こうで結婚して今や三児の母だ。太陽とか向日葵とか、そんな表現がぴったりの華やかさだったが、あっけらかんとしすぎていて悪気なく私を傷つける妹でもあった。

——結婚？　良かったじゃん、おめでとう！　あたし、お姉ちゃんは一生結婚できないと思ってたよ！

会えば私だけが傷つくから、できればこのまま違う世界で生きていたい。まあ、とにかく私は、「結婚する」と言えば相手が気遣われるような娘だったのだ。

真志は会計のファイルを手に戻ってくると、再び隣に腰を下ろす。

「立てるか」

言われて立ち上がろうとしたが、脚に力が入らず再び座ってしまった。

「まだ無理みたい。脚に力が入らない」

幽霊だって怖いが震えはすぐに治まったし、首を絞められた時にもちょっと寝転がっていれば元に戻った。これは、それ以上の衝撃だったのか。

「なら、もうちょっと待つか」

真志は椅子の背に凭れ、脚を組む。

「ごめんね、弱くて」

過去の一幕を思い出したせいで、余計に凹んでしまう。

――しっかりしてなきゃいけない刑事さんの妻が務まるかどうか。

さすが親だけあって、よく分かっている。不出来な私に、務まるわけがなかったのだ。

「それでも、俺はお前がいいんだよ」

ぼそりと聞こえた声に隣を見ると、顔は視線を避けるように向こうへと逸れていった。

――私は、澪子さんがいいんです。苦労はさせてしまいますが。

まだ、変わっていなかったのか。

一息ついて洟を啜り、真志の背に触れる。しつこい粘りが少しずつ消え、やがて手が透けて見える薄さになる。彼女の恨みはよほどのものなのだろう。倒れるほどの障りだ。

ようやく消えた障りに安堵し、ポケットからミサンガを取り出す。傍にある手を掴んで膝に乗せ、結んだ。少しでも効果があればいいが。

「そうだ。病院に来た時に会った年配の刑事さんが、二日くらい出なくてもいいからって言ってたよ」

「まあ、もう後始末みたいなもんだからな」

真志は溜め息交じりに返して眼鏡を外し、眉間を揉む。

「ニュース、自殺と見てって言ってたけど」

少し声をひそめて尋ねると、真志は周囲を窺ったあとで肩を寄せた。

「おんなじ死に方だったんだよ。首吊りの紐も、風呂の温度も一緒。どうやったのか、辻褄(つじつま)合わせはこれからだけどな」

信じられない内容に、思わず真志を見つめた。同じ、死に方。

「夫が、どうにもぎこちなくてな。疑って捜査してるうちに、女がいることが分かった。昨日の電話は、ようやくその女を捕まえたって連絡だった。女の話では、妻の死を通報した前日、夫は仕事を終えてすぐ向こうを発(た)ってた。別れ話をするためにな」

前回の情報とは打って変わった内容に、愕然とする。病気の妻を支える誠実な夫、ではなかったのか。

「ま、その辺りの情報を摑んで踏み込んだが既に、ってわけだ。しばらく県警無能批判が押し寄せるから、SNSは見るなよ」

「大丈夫。元から苦手でしてないから」

そうか、と答えたあと、真志は一息つく。

私も深呼吸をして、ようやく力を取り戻したらしい足首を軽く回してみる。腰を上げると、今度はちゃんと立てた。

「行けるか」

「うん、大丈夫みたい」

歩き出した真志に続いて、救急外来窓口へ向かう。周囲が騒がしくなってすぐ、遠くで救急車のサイレンが聞こえ始める。重病か、一刻を争う怪我か。少し間違えば、真志もこうなっていたかもしれない。

「昼飯、食って帰るか」

聞こえた声に足を速めて隣に並ぶ。

「いいけど、車で来てないよ。運転できそうになかったから、タクシーで来た」

「なら、上の食堂か」

「ううん。病院は、障りを背負った人が多いから」

控えめに答えたところで、救急外来窓口に辿(たど)り着く。

「そうだったな。じゃあ、ひとまず支払いしてくる」

支払いへ向かう背を見送って、ドアの向こうを眺める。シルバーカーに座る老齢の女性と携帯をいじっている若い女性に、障りがまとわりついていた。べたりとして赤黒いのと、肩の辺りで蠢(うごめ)いているのと。やっぱり、以前よりよく見えるようになっている。多分二人共、原因不明の症状か、病名はついても薬が効かない状態だろう。でも、声を掛けて消すわけにもいかない。赤の他人に「障りがあります、触って消します」と言われて受け入れられる人なんて、そうそういない。真志に声を掛けた時も、しどろもどろで怪しさしかない状態だった。あれで、よく受け入れられたものだ。

苦笑して背を眺めた時、ふと彼女の言葉を思い出す。

――わ、たしと……いっしょ。

彼女は、事故に見せ掛けて夫に殺されたのだろうか。誠実なふりをする裏で愛人を作り、裏切っていた夫に。

「CTしたから結構取られたわ」

しょっぱい顔で戻ってきた真志と共にドアを抜け、夏を思い出すような陽射しに肌を晒す。

「近くのうどん屋までタクシーで帰って、食ったあとは歩いて帰ればいいだろ」

「そうだね」

あちぃな、と真志は眩しさに目つきを更に悪くして上着を脱いだ。

浮気ではなく仕事だと信じていたのは、「信じていた」からであって確証はない。

――それでも、俺はお前がいいんだよ。

すんなり信じて絆されてしまったのは、私が単純すぎるのだろうか。これまで持ったことのなかった疑いに胸が澱んでいくのが分かる。色濃い影を連れて歩く真志の後を追いつつ、細長いシャツの背を見つめた。

仕上がり予定日に現れた泰生は、予想外の上機嫌だった。あの一件は、事件として処理されることになったらしい。

「あとはもう、書類送検して終わりだろうね」

「謝罪、してもらった？」

泰生の表情を窺いながら、残りの依頼品を一枚ずつ畳んでいく。これまでより遅いペースの作業に焦ったが、どうにか仕上がり予定日には間に合った。

「まだだよ。書類送検を終えてからかもね。よっぽど俺に謝りたくないんだよ」

そう、と答えて溜め息をつき、紙袋を広げる。まだ渋っているらしい。

「折辺さん、忙しそうだね。現場の責任者だし」

「そうなの？　よく知らないの。この前障りのせいで倒れたけど、翌日には仕事に出ちゃって。それから帰ってきてない」

本当に仕事なのか、別宅で誰かと暮らしているのか。あのミサンガが効いて障りがつかなくなっているのなら、帰ってくる理由はもうない。

「夫が現場から連れて帰ってきた幽霊がいるって言ったでしょ？　その件は解決したはずなのに、まだうちにも出入りしてるみたいなの」

解決と共に消えると思っていた気配はまだ、むしろ以前より近くにいる気がする。まさか、書類送検を待って成仏するつもりだろうか。

泰生は礼を言って、依頼品を詰め終えた紙袋を恭しく受け取る。

「今も時々、『わたしといっしょ』って忍び笑いする声が聞こえる気がするの。考えないようにしても、気づくと考えてる。もしかしたら、夫もしてるのかもって」

考えないようにと思えば思うほど絡みついて、気づくと仕事の手まで止まっていた。

「じゃあ、調べてみる？　もしかしたら、地獄の扉を開けることになるかもしれないけど」

提案に、ゆったりと結ばれたネクタイのノットから視線を上げる。

知りたくはないが、このままでは全てに支障が出てしまう。こんな不安を抱えて普通に生きていけるほど、私は頑丈ではない。

小さく頷くと、泰生は懐かしいものを見るように目を細めて、柔和に笑った。

二、つかまえて、ころして

事件は泰生の言うとおり書類送検で終わりそうだが、メディアはそれすら報じないほどに、世間からは忘れ去られていた。給湯システムの問題について一方的に報じた責任は、結局取られないままだ。警察関係者の方も唯一頭を下げたのは真志のみ、公式な謝罪はなかったらしい。

もっとも、当の真志からはなんの報告もない。あれから二回、障りを抱えて戻ってきただけだ。あのミサンガは、予想よりちゃんと仕事をしているらしい。ただ。

――わ、たしと……いっしょ。

不安は日々募る一方で、考えないようにしても膨らんでいく。それと呼応するように、あの声は大きく、はっきりと聞こえるようになった。

一度お祓(はら)いを受けに除霊で有名らしい寺へ行ったが、ろくに話も聞いてもらえないまま、精神性の問題だと叱責(しっせき)されて追い返された。その一件で完全に心が折れて、以来もうどこにも行ける気がしない。近頃は叔母(おば)が「離婚しなさい」と口にすることも増え、店に行くのもつらくなっていた。

そんな鬱々とした救いのない日々に変化が起きたのは、十月最初の土曜日だった。

「待たせてごめん。刑事を調べて欲しいって言ったら、拒否する探偵事務所が多くてね。あと、その後のことを考えて二週間頼んでたから」

リビングへ通した泰生は、コーヒーを口に運んだあと傍らの茶封筒からクリアファイルを取り出す。

「こっちは、スナックのママ。店ではママの彼氏って扱いで、長い付き合いみたいだね。店を出てキスして、小遣いあげて別れたらしい」

泰生はファイルから取り出した写真を、ダイニングテーブルに次々並べていく。暗くはあるが、街灯に照らされた顔は、確かに真志だった。

「あとは、二週間で三回通った風俗店があった。こっちは付き合ってるわけじゃないだろうけど、同じ女性を指名してはいるみたい。継続的と考えれば離婚事由にはなるでしょ」

店に入って行く姿と出て行く姿が、三組ずつ。並べられた写真に、喉が干上がっていく。座っているのに、落ち着かない。背骨が抜けたようにふらつく体に、テーブルへ手をついた。

「黙って！」

「この先は弁護士に」

思わずきつくぶつけたあと、顔を覆って長い息を吐く。こんなはずではなかった、こんな。

――わ、たしと……いっしょ。

一緒ではないと撥ね返すために、調べたはずだった。まさか、本当に。

「ごめんね。じゃあ、俺はひとまず帰るよ」

向かいから落ち着いた声がして、我に返る。手を下ろした先にはもう、姿はなかった。

傍にあった手が慰めるように頭を撫で、指先が髪を梳いていく。

「俺は、何があっても澪ちゃんの味方だ。それだけは、忘れないで」

髪の流れを割った指先が、頬に触れる。伝うように撫で下ろしたあと、離れた。

少しずつ遠ざかる音はやがて、分厚いドアの向こうへと消える。

——それでも、俺はお前がいいんだよ。

絆された言葉が、虚しく脳裏に響いた。

並べられた写真の隣に置かれていた報告書には、文章での詳細な報告と共に別宅の住所もあった。部屋へ連れ込んだ様子は、この二週間にはなかったらしい。

「どうして」

呟いた時、背後から生温い風が吹く。湧き上がった不快な感覚と噴き出す汗は当然、覚えている。湧いたばかりの涙が収まり、上っていた血の気が引いていく。

肩に、ゆっくりと重みが乗った。視界の端に、髪の長い女性の横顔が映る。まっすぐな黒髪の向こうに見えた鼻筋が、歪んでいた。

「わか、った、でしょ……はやく、つか、まえて、ころし、て……」

すぐ傍で聞こえた声に、目を見開く。どういうことだ。動揺に胸がいやな音を打ち始めるが、指一本動かせない。

「はや、く……」

肩に乗っていたそれが、視界の前へと進み出る。頭に浮いた汗が、こめかみを伝い始めた。小刻みに揺れる息に唾を飲み、歯を食いしばる。私のものではない長い髪が、肩を撫でていく。顔は少しずつ、勿体をつけるかのように時間を掛けて私と向き合った。

初めて露わになった顔に、短く吸った息が止まる。

鼻筋は途中から大きく曲がり、片目の周りは紫色に腫れて、もう片目は潰されたのか血に塗れていた。殴られたと思しき腫れ上がった頬には、幾筋も血が伝う。その血は、首元から滴り落ちて報告書を赤く染めていた。

顔には、首から下がなかった。まるで、切断されたかのように。

……まさか、まだ解明されていないことがあるのか。

ああ、そうだ。いつか障りに呑まれた時には、悪意に満ちた数人の手があった。夫が殺したのなら、一人分のはずだ。でも……真志が全てを話していたとは思わないが、どうも噛み合わない。

彼女は腫れ上がった片目で私を見つめ、薄く笑う。そのまま、空気に馴染むようにして消えていった。

ふっと体の強張りが取れ、血の消えたテーブルへ突っ伏す。さざなみだつように寄せる震えに、荒い息を吐く。目を閉じ、全身の不快が消えるまでじっと待った。

真志の別宅は、署から徒歩で五分も掛からない場所にあった。車を止めて帰宅を待つこと約一時間、部屋に灯りが点いたのは午後十時を過ぎた頃だった。土曜なのに仕事に出ていたのだろう。車を降り、証拠の写真を携えてアパートの敷地へ足を踏み入れる。虫の声を聴きながら、表に回ってすぐの鉄階段を上った。家賃二万と報告書にあって驚いたが、それに見合った雰囲気だ。廊下の電気は切れているところがあるし、共有部分は雑多なもので散らかっていた。確かに、女性を連れ込むには適さない。

真志の部屋は二階の一番奥、角部屋だ。荒れ始めた息を深呼吸で整えて、ゆっくりと通路を進む。安っぽいドアの前に立ち、震える指先で古びたチャイムを押した。

姿勢を正して待つことしばらく、鍵の音がして勢いよくドアが開く。

「お前、なんで」

「話があるの。あなたの、ことで」

か細く揺れた声に、私を見据えていた視線が落ちる。無言で奥へ戻る真志に続いて、中に入った。

入ってすぐに台所があって、奥に和室。古い作りの部屋だった。見る限り家具や家電は必要最小限で、色気はない。

「仕事のもんを投げてるから、見るなよ」

真志は座卓の上に広げていた資料を掻き集め、裏返して隠す。確かに、あちこちにファイルや仕事に必要そうな本が積まれていた。それに紛れて、口を縛ったコンビニの袋がいくつか投げてある。整然としたうちの部屋とはまるで違い、雑然としていた。

「部屋を借りてたことは、気づいてただろ」

「うん。でも、部屋を借りてるのも帰ってこないのも全部仕事のためだと信じてたから、黙ってた」

「それ以外にねえよ」

ほかの可能性を否定する真志に、バッグの中から写真を取り出す。今日、泰生が私にして見せたように座卓へ並べると、真志は溜め息をついた。シャツの胸元をだらしなく開け、裸足だ。ビールの缶を見るに、仕事終わりの晩酌をするところだったのだろう。

「どこの探偵使った」

「そんなの、どうでもいいでしょ」

「よくねえんだよ！」

荒い声に、横の壁が鈍い音を立てる。隣の住人か。真志は舌打ちして肩で息をし、写真の一枚を手に取った。

「知らないの。私が頼んだんじゃないから」

「インテリクソ眼鏡か」

眉間に皺を走らせながら、真志はこちらを睨むように尋ねる。そんな視線を向けられても、悪いのは泰生ではない。真志だ。

「仙羽さんね。私があなたの浮気を疑って苦しんでるのを見て、助けてくれたの。スナックのママと長いこと付き合ってるのも、この風俗店で同じ女性を指名し続けてるのも、もう知ってる」

「仕事だ」

「浮気が仕事」

「浮気じゃねえ、仕事だ」

真志は遮って返したあと、隣の壁を一瞥(いちべつ)してビールを飲む。荒い息を吐いて、口を拭(ぬぐ)った。

「両方、俺の情報源だ。飲み屋と風俗は、自分の客からじゃない情報もすぐに共有される場所だからな。通報されるより早く摑(つか)みにいくために必要なんだよ」

「なんで、通報されてからじゃだめなの？」

　これまでは遠慮して尋ねなかったが、この際気になることには全部突っ込んでおくべきだろう。真志はまた缶を傾けたあと、首を回した。

「俺がこの歳で警部補になれたのは、周りより早く情報を摑んで実績上げてきたからだ。これ以上出世はしねえけど、仕事のやり方を変える気もねえ」

「なんで、女の人だけなの？」

　丸め込まれそうな空気に、必死に食いつく。でも真志は項垂(うなだ)れて、あのな、と言った。

「男もいるし、男とも喋(しゃべ)ってんだよ。でも浮気調査なんだから、そんな役に立たない写真撮るわけねえだろうが」

「ああ、そっか」

　そこはすんなりと腑に落ちて頷く。確かに男性との写真を見せられても、それで？　となるだろう。

「じゃあ、仕事の一環として女の人とキスしたり」

「あれはいい情報だったから報酬をはずんだら、向こうがふざけただけだ」

「風俗の人は？」

「情報を回収して、メンタルのフォローして終わりだ」

「二週間に三回も行く必要ある？」

「今追い掛けてるヤマがそいつの客なんだよ」

　うんざりした様子で返す真志のそれは、演技に見えなくはない。何せ相手は刑事だ。素人相手に本心を隠すのなんて、朝飯前だろう。

「ほんとに、してない？」

「してねえよ。大体、なんでこんな話になってんだ。俺を有責配偶者にして調停に持ち込むつもりか」

「ううん、そうじゃないよ。あの幽霊が何度も『わたしといっしょ』って言うから。お風呂で亡くなった彼女なら、あなたが浮気してるって教えてくれてるのかなって」

　似た臭いを感じた真志に憑いてうちに来て、写真立てを落として警告した。首を絞められた理由は今も分からないが、何かが気に障ったのかもしれない。あれは、泰生に会ったあとだった。そういえば今回も、泰生に会ったあとだ。偶然だろうか。

「あと、もう一つ気になることを言ってた」

「なんて」

「この調査結果を受け取ったあとに出てきて、『分かったでしょ、早く捕まえて、殺して』って言ったの。初めて顔を見た。凄まじい暴行を受けたあとみたいだったし、首から下がなかった。まだ解明されてないことがあるのかって思ったけど、それにしてもあなたに聞いた話と結びつかなくて」

しばらくは恐ろしくて思い出したくもなかったが、時間が経つほどに哀れに思えてきた。きっと、凄まじい痛みと恐怖を味わったのだろう。

多分、浮気の証拠だけなら私は今ここにいない。ぐずぐずと考えて、言えないまま泣き寝入りしていたはずだ。彼女を救う手掛かりを得るために、腰を上げた。

「これが、風呂で亡くなった女性だ。この顔だったか」

真志は携帯を取り出し、一枚の画像を私に見せる。茶色でふわっとしたパーマヘアの、ぽっちゃりとした女性が人懐こい笑みを浮かべていた。多分、まだ元気だった頃のものだろう。この先に死が待ち受けているなんて思いもしない頃の。今更胸にこたえるものがあって、心を落ち着けるように息を吐く。

「どうかな。ぼこぼこだったから顔立ちは分からない。でもこの人より痩せてて若そうで、黒髪のストレートロングだった。じゃあ、どこか違うところから連れてきた幽霊なのかな」

思い出せる特徴を伝えた私に一瞬、缶を摑んだ真志の視線が滑った。

「いや、急に来たのは間違いなくあの現場だ。ずっと誰かに見られてる感覚があったしな」

私の視線を避けるでもなく堂々と缶を傾けたが、一度引っ掛かったものはなかなか消せない。だからと言って、詰め寄ったところで素直に話すような男ではない。

「あの事件、本当に夫が妻を殺して自殺したの？　不審な点はないの？」

「あれはもう『そういうこと』で手打ちになったんだ。掘り返すな」

冷たく先を閉じられて、びくりとして身を引く。これ以上は、聖域か。

「仙羽に、どこの探偵を使ったか聞いてくれ。あと、女達のことは適当に『遊んでたっぽい』とでも言っとけ」

「なんで？」

身の潔白を主張したいなら、そんな嘘をつく必要はないだろう。真志は仰ぐように缶を傾けて飲み干し、軽い音を響かせて置いた。

「俺の情報源があの女達だって探偵が流したら、あいつらが危険なんだよ。客の情報を刑事に流してんだからな。最悪、殺される」

ああ、そういうことか。でも、それなら。ふと、何かが背に触れたような気がした。

「いなくなったら、戻ってくるでしょ」

ぽそりと零した声は、私のものではないようだった。じゃあ、誰のものなのか。

「澪子」

真志は顔色を変えて目の前に来ると、両手で私の顔を摑んだ。

「しっかりしろ。お前、そんな女じゃねぇだろ」

悲痛な声で訴える表情が、滲んでいく。ほかの人のためなら、そんな顔もできるのか。

「じゃあ、どんな女なの？　帰ってこなくても黙って待って、浮気してても『仕事だから』で納得するような、都合のいい女？」

堪えきれず泣き出した私を、真志は抱き締める。

「そうじゃねえから、泣くな」

しゃくりあげる私を宥めて、腕に力を込めた。

「全部、俺のせいなのは分かってる。こうして別に部屋借りてんのも離婚切り出されたのも、お前にこんなこと言わせたのも」

肩越しの声は、切羽詰まって聞こえる。初めて聞く声だった。

「俺を初めて助けた時、お前は怯えて涙目で、正直何言ってるのかもよく分からなかった。けど、俺を助けたいって心底思ってるのだけは伝わったから、任せたんだ。体が楽になって初めて、お前がどんな決断をしたのか分かった。消したあともまだ、俺と視線を合わせられないほど怯えてたしな。俺は、気の弱いお前が恐怖を越えて人を助けるカードを切った強さに惚れたんだ。お前は、救う側の人間だ。殺す側じゃやねえ」

眩しい蛍光灯に目を閉じると、涙がまた伝い落ちていく。

私を選んだのは、障りを消せるからではなかったのか。結婚十年目にして初めて知った理由に、長い息を吐く。傍にあるシャツを握り締めて、もう少し泣くことにした。

一晩眠れば、あの恐ろしい考えは消えていた。なぜあんなことを思ったのか、心当たりがあるとすれば、あの時の声だけだ。誰かが私に滑り込み、口を使ったのか。

朝一で送ったメールは、通話で折り返される。泰生は、おはよう、と明るく挨拶（あいさつ）したあとメールの内容に触れた。

「教えるのは無理だね。どこが調べたかは絶対に言わないって契約に署名した上に、倍の料金払ってどうにか受けてもらったから。『この人を敵に回したくない』って言ってたよ。捜査のためならなんでもする人だって、あまり良くない噂もちらほら。まあ、若くして出世するってのはそういうことなんだろうね」

良くない噂、か。興味がないと言えば嘘になるが、聞かない方がいい気はする。冷えたキッチンカウンターを撫で、一息つく。鼻をくすぐる香ばしい匂いに、抽出の始まったコーヒーメーカーを見た。

「それで、浮気の方はどうだったの？」

「認めたような認めてないような。遊んでただけだって言ってる」

「そっか。どうする？　弁護士入れるなら、いい人紹介するけど」

嘘の痛みが治まる前に、泰生は次の段階へと話を進める。思わず、頭を横に振ってしまった。焦燥がじわりと胸に湧く。

「いや、弁護士はまだ、いいかな。もう少し考えたいこともあるし」

ひとまずの辞退を選ぶと、泰生は黙る。だから、と続けかけた時、手から携帯が消えた。驚いて振り向く私を気に留めず、真志は「折辺です」と挨拶しながら廊下へ消えていく。

大丈夫だろうか。

不安はあるが、覗くのは良くない。諦めて、朝食の支度の続きに取り掛かった。

昨日は結局、泣き疲れた私を連れて真志も戻ってきた。子供のようにぐずぐずと泣く私を促して風呂へ行かせて寝かしつけたあと、帰ったかと思ったら隣で眠っていた。日曜の朝にいるなんて、いつぶりだろう。

水を張った鍋に卵を入れて火に掛け、ベーコンを炒める。耳を澄ませたところで、ベーコンが脂を弾く音しか聞こえない。冷静に話し合ってはいるのだろう。何を話したのか、真志に聞いたところでどうせ答えない。

茹で上がった卵を冷水に取ったところで、ドアが開く。予想より早く戻ってきた真志は、ダイニングテーブルへ携帯を置いて椅子に座った。

「なんの話してたの」

「あいつがどこの探偵使ったかだ」

あっさり返された答えに驚いて、殻を剝く手を止めた。

「言った？」

「いや、契約違反を理由につっぱねやがった。きっちり道を塞いでやがる」

頷いて、また殻を剝く。一つ目を剝き終えて軽く洗い流し、皿へ置いた。思い出して、冷凍庫から取り出したパンを焼く。

「お前、幼なじみなんだろ。昔からあんな薄気味悪い奴だったのか」

二つ目の卵に取り掛かった手が、また止まった。

——俺は、何があっても澪ちゃんの味方だ。

あれに、他意はないだろう。泰生はただ私の味方でいてくれるだけだ。それだけは、忘れないで。

「ちょっと抜けてるところはあったけど、すごく優しくて大らかな子だったよ。今もだけど」

胸に蘇る記憶はどれも、温かいものばかりだ。思い出せば感謝が胸に湧く。

「クラスで二人一組になる時には、いつも声を掛けてくれた。私は障りが見えるのが怖くて五年生になるまで保健室や別室登校してたけど、給食の時には呼びにきてくれたし、放課後は一緒に帰ってくれた。休んだ時は、必ずプリントを届けてくれたしね」

「初耳だな」

「どこが?」

「全部」

剝き終えた卵がするりと指を滑り、水に落ちる。

「言ってなかったっけ」

「子供の頃は暗黒時代だったから話したくねえって言ってただろ」

卵を掬い上げながら、付き合い始めた頃のやり取りを思い出す。確かにどんな子供時代だったかと尋ねられて、そんなことを答えた気がする。

「食事会で、妹に会ったでしょ？　私と正反対の妹」

「あの、あけっぴろげで色気も情緒もねえ女だろ」

吐き捨てるように言う真志に苦笑する。まあ、私を気に入る男が妹を気に入るわけはない。

食器棚から皿とマグカップ、レンジから解凍を終えた冷凍ブロッコリーを取り出す。

「昔から明るくて活発な妹は大人気で、みんなに愛されてた。私の周りで妹より私を気に入ってくれてたのは、叔母さんと泰生くんだけだった」

半分に切ったゆで卵とベーコン、ブロッコリーを皿に盛りつけ、カップにコーヒーを注ぐ。タイミングよく鳴ったトースターから、パンをつまんで引っ張り出した。

「泰生くんは、初めてできた友達だったの。体が弱くて幼い頃はよく臥せってたけど、全部障りのせいでね。助けたくて触れた時、初めて消せるものだと知った。それから、自力で寄せつけなくなるまで障りを消し続けた。中学から東京へ戻ったけど、その頃にはもう大丈夫になってたよ」

朝食を載せたトレイを手に、ダイニングテーブルへ向かう。

「てことは、俺もそのうち大丈夫になるのか」

「いや、あなたはならないと思う。泰生くんは子供で、まだ撥ね返す力がなくて背負ってただけだった。あなたは元々背負いやすい体質みたいだし、刑事をしてるから」

トレイをテーブルに置き、二人分の食事を並べていく。最後に塩とドレッシング、バターを並べて席に着いた。

「人のネガティブな面に日常的に触れてる人は、そうでない人と比べたらやっぱり背負いやすいんじゃないかな。刑事とか医者とか」

「そういうことか」

真志は納得した様子で答え、朝食に向かう。

「あなたは、ずっと優等生だったんでしょ」

「言ってねえぞ」

「お義母さんが言ってた」

真志の家は公務員一家で、定年退職した義父母は元県庁職員、義兄は市役所職員だ。更に言えばその妻である義姉も同職だから、公務員でないのは私だけ。一方、海運業を営む我が家の父はその四代目で母は専業主婦、海を渡った妹は向こうでボランティアに勤しんでいる。義弟となった妹の夫は、軍人だ。

――斎木のおうちとご縁ができるのはありがたいけど、お姉さんの方なのね。

初めて義実家を訪れた時、義母は二人きりになるタイミングを見計らって残念そうに溜め息をついた。言われなくてもひしひしと伝わる落胆に、視線を落とした。あれから約十年経ち、今は子供ができない現状に、「やっぱりあなたじゃねえ」と溜め息をつかれている。でもそれは、うちの母も同じことだ。離婚を切り出したことは伝えていないが、伝えたところでどうせ。

ふと背後に感じた気配に、思わず振り向く。

「なんだ」

「今、気配がして」

やっぱり、まだいるのだ。あの事件は解決したとしても、別の事件が残っている。向き直り、ゆで卵とブロッコリーにまとめて塩を掛ける手を見た。

「考えたんだけど、彼女の夫が過去に集団暴行で若い女性を殺して捕まってなかったって可能性はない？　それなら障りの中で見えた映像も納得できるし、あの女性がまだ『捕まえて』って言ってた理由も分かる」

真志はゆで卵を口に運んだあと、しばらく間を置いた。確かにこれは、一度つっぱねられた先にあるものだ。少し不機嫌そうに見える眉間から視線を逃して、パンをかじった。

「経歴を洗ったけど、不審なやつはなかったな。ただ、前に住んでたとこの不動産業者と揉めてた。夫婦揃って共用部分に物やゴミ置いたり水漏れ起こしたりして、出てったあとの部屋は最悪の状態だったたって話だ。現場も新築と思えねぇレベルのゴミ屋敷だったから、どっちも杜撰な性格なんだろう。ただ夫の仕事ぶりは真面目そのもので、職場ではかなり信頼されてた。浮気の話には驚いて、仕方なかったのかもねって反応だった。悪く言う奴はいなかった」

やがて伝えられたのは、明らかに捜査内容だった。これまでは口にしようとしなかったし、多分してはならないものだろう。じゃあどうして今、話しているのか。

「妻は一度病院に掛かったものの二度目からは逃げ出して、署にも一度保護した記録が残ってた。外を出歩いて他人に危害を加えるようなことはなかったけど、家の中では毎日のように奇声上げて暴れてたらしくてな。夫は単身赴任先から帰ってくる度に、近所に頭を下げて回ってた」

「家族や、行政のサポートは？」

そんな状況を夫一人で、しかも単身赴任しながら支えるなんて無理だろう。

真志は戸惑う私を見ないまま頷き、コーヒーを口に運んだ。

「妻は幼い頃に親を亡くして祖父母に育てられたけど、もう高齢だった。暴れた時に何かあったら大変だと夫が遠慮したんだ。夫の親は、とても無理だと拒否した。行政は『まず病院に』、病院は『まず連れてきて』って対応だったらしい。でも連れて行こうとすれば逃げて、それこそ車にはねられるような事態になりかねない。それなら、妻が暴れるのは家の中だけでつらいのも自分だけだから、このまま自分が我慢すればいいんじゃないかと思ったんだと」

そうやって、どんどん孤独になっていってしまったのか。居た堪(たま)れない思いに食欲が失(う)せて、箸(はし)を置く。コーヒーの苦みで、胸を整えた。

「職場に電話はいつものことで、携帯には大量の着信履歴と帰宅を促すメールが残ってた。職場では『妻の病気で苦労してる人』って印象だった」

真志は淡々と朝食を消化するのと同じようなペースで、温度なくあの夫婦の間にあったことを明かしていく。

「女は、単身赴任先のデリヘル嬢でな。客として接してる時は、性行為は一度もなかったらしい。呼んで、ただ苦しい胸の内を話すだけで終わってた。赤の他人相手じゃねえと、妻の世話がつらくて逃げたいなんて言えねえからな。話を聞くうちに女が絆されて、付き合うようになったらしい。家族を守らせてくれねえ会社は退職して妻と離婚し、女と再婚してやり直す算段だった」

夫に決断をさせたのは、浮気相手か。精神的な負担は察して余りあるものだが、同じ本妻の立場だからかどうしても彼女に同情してしまう。もし私が同じように病気になって真志の仕事に綻び（ほころび）が出るようになれば、離婚届の空欄は即座に埋まるはずだ。

飲み続けて空になったカップを置き、澱む（よどむ）胸に長い息を吐く。

「ただ、夫婦には相互扶助義務があるからな。相手が病気だからってすぐに離婚が認められるわけじゃねえ。離婚事由として認められるには、強度の精神疾患に加えて長期間の治療や看病の実績、離婚後に妻の世話をする人間や資金が必要だ」

「じゃあ、協議離婚は不可能で調停や裁判するにも条件が満たせず認められないのが分かっているから、自殺に見せ掛けて殺したってこと？」

カップの底に薄く残った色を見つめながら、震える声で尋ねた。

「そういうことだな。ただ首吊り（くびつ）の紐（ひも）には妻の指紋しかなかったから、本人が準備したのは確かだ。あらかた、妻が『離婚するなら自殺する』って脅したものの通じなくて部屋で泣き寝入りしてる間に、夫が煮え湯の準備をしてうまく丸め込んで風呂に行かせた。で、妻が湯船の方を向いた瞬間に突き落としたんだろうってのが警察の結論だ。叫び声を上げたところで、近所にとってはいつものことだしな」

あっさりと肯定された不穏な動機が苦しくて、顔を覆う。

「どうだ、聞いて一つでも楽になるようなもんがあったか」

続いた冷静な声に、手の内から顔を上げる。だから、わざと話したのか。

「この先は、オフレコだからな。仙羽にも話すなよ」

真志は私を一瞥したあと、ブロッコリーをつまみながら続ける。

「これは、無理やりそう結論づけただけだ」

——あれはもう『そういうこと』で手打ちになったんだ。掘り返すな。

昨日の言葉とは違う向きに、真志をじっと見つめた。真志にも、思うところがあるのか。

「仙羽がなんでまだこっちにいるか、聞いたか?」

泰生は今も、ここと東京を行ったり来たりしている。後始末だとは聞いていたが、詳細は知らない。頭を横に振ると、真志は頷いてパンを食いちぎった。

「捜査の結論がこうなったから頭は下げたけど、給湯システムが本当に無関係だったのか、実はまだ証明できてねえんだよ」

もごもごと口を動かしながら、気になることを口にする。

「あいつは六十五度の湯は九十五度にならねえって理屈で認めなかったけど、実際にタンクの湯が減ってんだ。タンクから風呂に出た百数十リットルを、いちいち鍋に汲んで台所で沸かし直すと思うか？　給湯システム以外に、異常な湯温を保つ方法は？」

「じゃあ、やっぱり事故？」

当然のように湧いた疑問を口にしたが、向かいの首は縦にも横にも動かない。

「あいつは、システムに誤作動はなかったしエラーも一切出てねえ、ありえねえってつっぱねたけど、所詮『人間の作ったもん』だろ。察知されない誤作動が起きる確率は、限りなく低かったとしてもゼロじゃねえ。うちじゃ結局一度も再現できなかったけど、それでもあの時に同じことが続けて起きてた可能性は否定できねえ。意地でも可能性すら認めねえあいつの方がおかしいんだよ。あいつ謝ったら死ぬタイプだろ」

真志は忌々しそうに返して、首をぐるりと回した。

それが警察の見解か。確かに「人の作るもの」として考えれば、そうなのかもしれない。でも。

――うちは、それも教訓にして安全面の機能を更に向上させてきた。俺が責任者として。

泰生は、絶対に引けないところだったのだろう。

「ただ、夫も同じように死んでんだよ。首吊り紐用意したあとに、煮え湯に飛び込んで」

「ああ、そうか。それで事件」

「ということになったんだ」

ぶっきらぼうに返された答えに、少し驚く。

「納得してないの？」

「妻の一件のあと脱がせたけど、やけどがなかったんだよ。全身見たけど、それらしき痕は一個もなかった」

　やけど。ああ、そうか。もし突き落としていたら、飛沫を浴びていてもおかしくはない。

「妻の体格は身長百五十五センチで体重は約八十五キロ、湯船に落ちたら激しい水飛沫が立ったはずだ」

「戸口から、棒で押したとか」

「それも考えて戸口から湯船までの距離を測ったけど、約二メートルあった。洗い場の広い風呂場でな。百七十センチ五十キロの非力な夫が余すところなく力を使うなら、それなりにしっかりしたもんが必要だ。でも、適したものは結局見つかってない。だからといって、夫も中に入って短い棒なり手で突き落として戻るって方法もな。飛沫と湯船から溢れ出た湯の流れをきっちり全部避けるのは無理がある。そもそも、ちょっとでも失敗したら自分も全身に熱湯浴びて大やけどする上に、警察に捕まる可能性があるんだぞ。人生のやり直しを画策する奴が、そんな危ない橋渡ると思うか？」

　じゃあ、事故なのか。二転三転する可能性に、頬を押さえて唸る。どこに真実があるのか。

「夫は女に電話して、『殺してない、行ったら死んでた』と言ったらしい。浮気してるから疑われるんじゃないかと思って、ホテルに逃げ帰ってきたってな。で、その辺を改めて訊くために押し掛けたら死んでたんだよ」

「ホテルに泊まってたんだ。律儀だね。すごく残酷だけど」

浮気相手に気を遣ったのだろうが、妻には残酷な仕打ちだ。夫の中ではもう、優先すべき相手の順位が変わっていた。急に生々しくなった痛みが、胸に迫る。

「お前の感覚で、うちにいる奴が事件に関係あるかどうか分からねえのか」

初めて投げられた類の問いに、慌てて居住まいを正した。

「そこまでは無理だよ。あんな風にはっきりと見えたのは初めてだし、なんで見えたのか分からないし。でも私のところに来たのは、あなたに誰かを捕まえて欲しいって頼むためだと思う。今回の件をもっと調べたら、彼女が救われることになるんじゃないかな」

暴行を受けたあの女性と今回の彼女が同じ人物でないのなら、ほかに何かがあるはずだ。

――わ、たしと……いっしょ。

あの言葉は多分、私に何かを見ているからだろう。自分と結びつける何かを。

「まあ、そうだな」

最後の一口となったパンを頬張って、真志はまたカップを手に取る。なんとなくだから、なんの理由も根拠もない。言うなれば「妻の勘」だ。

真志はあれが誰なのか、心当たりがあるのではないだろうか。

――捜査のためならなんでもする人だって、あまり良くない噂もちらほら。まあ、若くして出世するってのはそういうことなんだろうね。

気になる声が蘇ったが、問い詰めたところで話してはくれない。黙って滑らせた自分の皿は、すぐに戻されてしまった。

「食え。これくらいで食えねえようになるなら、聞くな」

冷ややかな視線と言葉に、渋々ゆで卵をつまんで口に運ぶ。それでも、仕事の話を解禁したのは大きな変化だ。ようやく信頼されたような気がした。

「この事件は、個人でもう少し調べてみる」

伝えられた今後の予定に、ブロッコリーから視線を上げる。

「これ以上のことは捜査の肝だから言えねえけど、ほかにも気になることがあってな」

頷いて、ブロッコリーを食べた。私に言えない部分に、あの女性が関係しているのかもしれない。今は改めて聞かない方がいいだろう、真志が「本当は何をしていたか」なんて。

食欲が尽きる前にパンの残りを突っ込んで、飲み下した。


翌日、補修を終えた曼荼羅(まんだら)を隣町にある古刹(こさつ)へと納めに向かう。本当は市内での用事ついでに住職が寄ってくれる予定だったが、私が変更を希望した。

「ああ、これはこれはきれいに直していただいて」

年老いた住職は法衣の袖(そで)を払って老眼鏡を掛け、座敷に広げた曼荼羅を眺める。緊張の一瞬だ。

補修の依頼を受けた胎蔵界(たいぞうかい)曼荼羅は、『大日経(だいにちきょう)』の教えを表したものらしい。この一幅は、大日如来(だいにちにょらい)を中央に四百十四尊がほぼ刺繡(ししゅう)で描かれていた。こちらと『金剛頂経(こんごうちょうぎょう)』の教えを表す金剛界(こんごうかい)曼荼羅を合わせて、両界(りょうかい)曼荼羅と呼ぶ。普通は必ず対で用いられる片方だけが補修に来た理由は、この胎蔵界曼荼羅だけが長らく「手元になかった」からだ。ある檀家の孫が祖父の死後、遺言書に従い返還しに来たらしい。

手元から消えた時に通報していれば、すぐに捕まり曼荼羅も美しく保たれていただろう。でも住職は、一般的なその方法を選ばなかった。ただじっと、持ち主の改心と戻される日を待っていた。

「お任せくださったので、現在の色味に合わせました。最後まで金剛界曼荼羅と合わせるかどうか迷ったのですが、何もなかったようにしてしまうのが最善の策とは思えなくて」

目元の皺を深くして嬉しそうに頷く住職に、ようやく安堵する。何度か仕事を請け負ったあとの「おまかせ」なら怖くないが、住職とはこれが初めての仕事だった。指定文化財ではないものの歴史ある一幅だし、私は美術品修復の専門家ではない。答えを探すために何度か寺にも足を運んで曼荼羅について学び、もちろん金剛界曼荼羅も見せてもらった。正しく保管されたもう一幅は多少の色褪せや傷みはあるものの、胎蔵界曼荼羅に比べればまだ色鮮やかだった。それに合わせて修復すれば、何事もなかったかのようにまた対になるのは分かっていた。でも、現在の色味を選んだ。

「喜んでいただけて何よりです。お時間をいただいてしまって、申し訳ありませんでした。二年もお待たせしてしまって」

「いえ、誠実なお仕事をしてくださったのは見て分かります。仏様も大変お喜びでいらっしゃる」

住職は刻むように頷きながら老眼鏡を外し、窄んだ目を細めて更に小さくした。齢九十を過ぎた住職は痩せた小柄な人で、ちょこんと座布団に座る姿は「かわいらしいおじいちゃん」にしか見えない。初めての仕事で丸投げしてくるような摑めないところはあるものの、朗らかで懐の深い人だ。お祓いを頼んだ寺の住職は高圧的で恐ろしかったが、この住職なら。

あの、と控えめに切り出した私に、住職は曼荼羅から視線を移す。くすんだ灰色の、穏やかな瞳だった。

「話は変わりますが、住職は、その、幽霊が見えたりは、なさいますか?」

怯えつつ尋ねた私に、住職はふっと慈しむような笑みを浮かべる。

「見えると声高に申し上げるほどではありませんが、多少は感じ取れるものもあります。お困りですか?」

当たりの柔らかい声に怯えが去り、安堵の波が押し寄せる。一息ついて、幼い頃から障りが見えることや消せること、今憑かれているであろう幽霊のこと、ついでにある寺にお祓いを頼んだら精神性の問題だと叱責されて追い返されたことも話した。

住職は口を挟むことなく、頷きながら私の訴えを聞き終える。

「まだお若い住職さんには歯痒く思えて、叱責という形を取られたんでしょう。私も多くを語るわけにはまいりませんが」

痰を切るように一つ咳払いをして、好々爺の笑みで私を眺めた。疑いも叱責もない様子に、思わず安堵の息が漏れる。

「その力があろうとあるまいと、私達が為すべきは人間としての日々の営みです。生きていく上で必ずしも必要でないものに、傾倒する必要はありません。今のように生きていかれれば良いでしょう。ただ」

　柔らかな色の瞳が、まっすぐに私を捉えた。睨まれているわけでもないのに、射貫かれたように動けなくなる。

「誤った道を選んでも、強くなることはありません。この曼荼羅に鮮やかな色を当てなかったあなたなら、分かるはずです。どうか、見誤られませんように」

　視線が私から曼荼羅へ移ると共に、体も楽になる。言葉や声はまるで変わらなかったし、視線だってただ私を見ただけだ。初めて感じた威圧感に、今更汗が滲む。

「これでまた、対で掲げることができます。本当に、良い手を入れていただきありがとうございました」

　深々と頭を下げる住職に応えて、私も頭を下げる。二年前に依頼を受けた時は不安で体調を崩すほどだったが、叔母の支えもあってなんとかやり遂げることができた。長かった分、押し寄せる達成感も凄まじい。

「ああ、良かった」

　素直な感想を漏らして目尻の涙を拭った私を、住職はまた慈しむような眼差しで眺めた。

　大仕事を終えた報告のため、ケーキを買って店へ向かう。いつものように声を掛けると、叔母はすぐに奥から姿を現した。

「お寺から頼まれてた曼荼羅、さっき納品してきたからその報告」

「ああ、あれ。長かったわねえ」

「うん。でも、すごく喜んでもらえたよ。叔母さんにもお世話になったから、御礼のケーキ」

甘いものが好きな叔母には一番の御礼だが、体重増加を促すのもあまり良くない。近頃は特に、膝が痛むと椅子に座って作業しているような状態だ。比較的カロリー控えめなスフレチーズケーキとシフォンケーキにしておいた。

「そんな気を遣わなくていいのよ。私があんたの面倒を見るのは、当然のことなんだから」

叔母は笑って答えたが、技術を出し惜しみ後進を蹴落とそうとする師匠だっていないわけではない。叔母は私に才を見出した時からずっと、厳しくも優しく支え続けてくれている。自身は請け負っていない寺社仏閣や資料館からの依頼を受けるよう言われた時はさすがに諍いになったが、今は負けて良かったと思っている。

「お茶飲んでいきなさいよ、ケーキもあるんだし」

「お茶は飲むけど、ケーキはいいよ。叔母さん用に買ったんだから」

慌てて遠慮した私に、叔母は嘆息で返す。

「あんたは相変わらずねえ。暁子も相変わらずだったけど」

ケーキの箱を手に奥へ引っ込む叔母に続き、私も久し振りに奥へ入る。トルソーでリメイク中の一枚は、チャイナ襟のゆったりとしたワンピースになるようだ。

「電話があったの？」

「そう。いきなり国際電話かけてきて、実家にある自分の振袖で子供用ワンピースを『ちゃちゃっと』二枚作って送って欲しいって」

強調された箇所に苦笑し、台所へ入る。食器棚からマグカップと紅茶のティーバッグを取り出した。

「パターンメイドなら二着で十万って言ったら、布はあるのにそんな高いの詐欺でしょ、だって。腹立って『ちゃんと調べてから頼みなさい』って電話切ったわよ」

叔母は腹立たしげに報告し、電気ケトルのスイッチを押してダイニングテーブルに着く。

「それからしばらくしてまた電話があって、こんなに高いなんて知らなかった、詐欺なんて言っちゃってごめんなさい、改めて十万で二枚お願いしますって。言われたらすぐに調べるし、悪いと思ったら素直に謝るのよ。でもねえ、もう三十二よ？　いつまで子供の気分でいるのかしらね」

子供の時に「誠意ある謝罪」が特に重要視されるのは、子供は未熟でミスを防ぐのが難しいと分かっているからだ。でも、大人はそうではない。

「お父さんもお母さんも『ちゃんと素直に謝った』のを評価しすぎてたからね。そのせいで今も、何か失敗しても素直に謝れば済むって心の底から信じてるんだよ。謝る前に、謝らなきゃいけないような行動を減らす努力をすべきなのに」

「ああいうのが、『悪気はない』を免罪符にして嫁をいびる姑（しゅうとめ）になるのよ。性質（たち）が悪いわ」

感情の乗った声が憤懣やる方ないように聞こえて、振り向く。今のは、経験者の声だ。

「元姑がそうだった？」

「そう。あんたのとこは？」

「ちゃんと悪気を持って、『妹さんならねえ』って未だに残念がってる」

真志のいるところでは言わないのも、悪意を自覚しているからだろう。妹に比べればマシだから、今のところは流している。どうせ離婚、といつものように流れるはずの思考が今日は止まった。離婚、か。

あの時泰生の並べた写真の順番は小遣いよりキスが先で、改めて読んだ報告書も同じ流れだった。反対なのは、真志の言い分だけ。確かに仕事の情報源なのかもしれないが、それだけには見えなかった。でもこれ以上何を言っても、絶対に認めないだろう。

「その後、真志さんは？　事件はひとまず片付いたんでしょ？」

計ったかのような登場に、ティーバッグを一つずつカップに落としてまた振り向く。

「担当だって、話したっけ」

「ううん、泰生くんが言ってたの。仕事の息抜きだって、ちょくちょく顔見せてくれるのよ。相変わらず優しい子ね」

頷いて向き直り、沸いた湯を注ぐ。子供の頃はよく一緒に店へ来て、かけつぎの練習をじっと見ていた。ただ見るだけなんて退屈そうなものだが、いつも目を輝かせていたのを覚えている。

「やっぱりあんたには、泰生くんと結婚して欲しかったわ。あの子にならなんの不安もなく任せられたし、こんなに心配しなくても済んだのに」

諫めようと視線をやったが、老いた横顔と丸い背が寂しそうに見えて口を噤んだ。

両親は、未だに私より真志を心配している。

――警部補になられたんでしょ？　真志さんをしっかり立てて、お願いだから顔に泥を塗るようなことだけはしないでね。

離婚したって、母が私の気持ちを理解することは一生ないだろう。もちろん実家になんて受け入れるわけがない。あんな場所、燃えてしまえば。

とんでもない方向へ進みそうになった思考に、はっとする。なんだ、今のは。

どくどくと打つ胸を押さえ、不穏な思考を改めてなぞった。大丈夫だ、そんなことは思っていない。分かり合えないことは寂しいが、憎んではいない。じゃあ、どうして。

――いなくなったら、戻ってくるでしょ。

あの時のように、何かが思考に滑り込んだのかもしれない。可能性が高いのは、彼女だろう。私と同じように夫に浮気された上に、家族に恨みを抱いているのかもしれない。あの暴行はまさか、家族に。

「澪子？」

「あ、ごめん。ぼんやりしてた。紅茶、できたよ」

ティーバッグを引き上げたカップの中は、いつもより濃い色になっていた。

抽出を終えたティーバッグを三角コーナーに投げ込んだあと、マグカップをダイニングテーブルに運んだ。

そういえば、憑いてるかどうかは教えてくれなかったな。

住職とのやり取りを思い出したが、ひとまず今は忘れて達成を祝うことにした。


メッセージで真志に今日の気づきを送ったのは夕方、既読にはなったが返答はなかった。期待なんてしていなかったから、風呂上がりにリビングにいた時には変な声が出た。

「もうちょっと、気配をさせるとかなんとか」

まだ落ち着かない胸に溜め息をつき、ソファでシャツの背に触れる。それほど濃いわけではないが、こまめに消しておくに越したことはない。

「勝手に消えるんだよ」

刑事の職業病なのだろう。背後から近づかれても、全く分からないのが性質（たち）が悪い。

「お前、毎度あんな恰好（かっこう）でうろついてんのか」

「汗引く前にパジャマを着たら、張りつくのがいやだから」

それでも今日は、ブラも着けていたから良かった。夏場はショーツ一枚で首にタオルを掛け、扇風機の前に座っている。とてもではないが、見せられない。

「なら、別に着なくても良かっただろ」

「やだよ。恥ずかしいもん」

慌てて寝室に逃げ込み、速攻でワンピースを被った。もちろん今更感があるのは分かっているが、それとこれとは別だ。

「はい、消えたよ」

「ついでに肩、揉んでくれ」

続いた要求に、肩に手を伸ばす。固く張った肩の線を撫で、まずは軽く叩く。

「今日送ったメッセージ、どう思う？　あれなら、彼女が『わたしといっしょ』って言った理由も、障りに呑まれた時に手がたくさん見えた理由も納得できる」

「浮気じゃねえって言ってるだろ」

不機嫌そうな声が、肩の振動で揺れる。予想どおりの反応だった。

「どこからが浮気になるのかは、人によって違うでしょ。彼女の線引きではアウトだったんじゃないの」

私の線引きでだってアウトだが、言えばややこしくなるだけだ。黙った真志の肩を、今度はゆっくり揉み始める。

「私が浮気したら、離婚する？」

控えめに尋ねると、真志は分かりやすく項垂れて溜め息をついた。

「しねえし、離婚のためにするつもりならやめとけ。お前が壊れるだけだ」

「好きになった人とならいいの？」

「それは浮気じゃなくて本気だろ」

確かに、好きになってしまったら遊びではなくなるか。

「あ、そっか」

ぼそりと聞こえた声に、手が止まった。

「そん時は、俺が壊れる」

いつもより低く粘りつくような声が、膨れ上がった恨みをねじこむ。ソファから下りて、寝室へ逃げ込んだ。

「嘘つき。仕事より大事なものなんて、ないくせに」

溢れ出したものを抑えきれず、ベッドに飛び込んで泣く。期待したら、信じたらまた裏切られるだけだ。十年もの間さんざん思い知らされて浮気までされたのに、なぜまだ心が揺れるのか。自分の弱さが情けなくてたまらなかった。

感情の昂(たかぶ)りが収まるまでひとしきり泣いて、仰向(あおむ)けになる。耳を澄ませて気配を探るが、私に察知できるわけがない。渇いた喉に洟(はな)を啜(すす)りながら体を起こし、寝室を出る。少なくともリビングとキッチンには、真志の姿はなかった。

思わず安堵した胸に溜め息をつき、キッチンへ向かう。迷うことなく冷凍庫からジンを取り出し、がらがらと氷を滑らせたグラスに清々(すがすが)しい香りを注いだ。

一口飲んで、喉を滑り落ちた熱に荒い息を吐く。一人寝の寂しさに寝酒を覚えたのは、結婚して一年も経たない頃だった。真志が単身赴任になってからは酒量も増え、明け方まで飲み続けることもあった。

そんな生活を続けていたら五年前と二年前に急性膵炎になって、どちらも二週間ほど入院した。真志や親には連絡せず、叔母を保証人にしてやり過ごした。真志に連絡すれば駆けつけていたかもしれないが、いなかったかもしれない。どちらにせよ、前者に賭けて連絡できるほどの余裕はもう、とっくに擦り切れていた。

禁酒と離婚を決めたのは、二度目の入院から戻った日だった。

——離婚して欲しいの。

切り出した私に真志はしばらく沈黙したあと、あの台詞を吐いたのだ。

何度裏切られたら、私は学ぶのだろう。

グラスを傾けつつ、カウンターの上に置きっぱなしにしていた携帯を手に取る。着信履歴に残る名前を選んで押すと、機械的な呼び出し音は二回で穏やかな声に変わった。それだけで、泣きそうになる。

「ごめんね、夜に。今、大丈夫？」

「うん、大丈夫だよ。どうしたの」

尋ねられて気づくが、別に理由があったわけではない。吸い寄せられてしまっただけだ。

「何があったってわけじゃないよ。ただ、声が聞きたくて」

「嬉しいな。俺も、澪ちゃんどうしてるかなって思ってたところだった。ボタン引きちぎって会いに行くのは、さすがに叱られそうだしね。もっと小出しにすれば良かったよ」

ふふ、と笑う泰生につられて笑い、グラスを傾けた。

「飲んでる?」

「うん。二年前に膵炎再発して、人生やり直すつもりで禁酒して離婚を切り出したけど。もうどうでもいいかなって」

私が死んで、初めて後悔するのかもしれない。溜め息をつき、残っていたジンを一気に呷る。喉を焼く懐かしい感触に、涙を拭った。

「澪ちゃん、明日の夜は空いてる?」

「うん」

「じゃあ、お寿司食べに行こうか。好きでしょ、お寿司」

「うん。昔、よく一緒に食べたね」

といっても、私達が一緒に食べていたそれはチェーン店のパック寿司だ。休みの日にどちらかの家へ遊びに行くと、高い確率でそれが出た。両親ではなく、お互いの祖母が気遣ったのだろう。多分あの二人の間では、泰生の母が死ぬまでは、私達を結婚させる算段がついていたはずだ。

――奈緒美さん、良くないらしいな。飲み過ぎなんだよ。

父が母に漏らしていたのはいつだったか、泰生からも聞いていた話だ。血を吐いて救急車で運ばれたことも知っていた。大人になって酒にも飲まれた今は、その病名にも大体の予想がつく。でも、当てて楽しめるようなものではない。

「大人になったから、回らない寿司屋に行こう」

「あんまり、堅苦しくない場所にしてね。苦手だから」

回らない寿司なんて、結婚前に父に呼び出されて行ったのが最後だ。もっとも、味なんてまるで覚えていない。

――支えられないと思ったら、迷惑を掛ける前に帰ってきなさい。うちのことは気にしなくていいから。

父は多分、不出来な娘に前もって離婚を許しておくことが、親としてできる最善の策だと信じていたのだろう。満たされた顔をして、一人だけおいしそうに酒を啜っていた。

「ずっと玉子とまぐろを頼み続けてもいいよ」

「今はもう、満遍なく好きだよ。いかやたこも食べられるし」

昔は特別好きだったその二種を、泰生はいつも私に譲ってくれた。そして、ぐにゃぐにゃして苦手だったいかやたこ、貝なんかを代わりに引き取ってくれていた。

――だって、おいしそうに食べてる顔をたくさん見る方がうれしいから。

「そっか、大人になったもんね」

笑う泰生の声が胸に沁みていく。泰生は何も変わらない、あの頃のままだ。始まった昔の話に、私も懐かしい記憶を引っ張り出す。温かい思い出で胸を満たし合っているうちに、時計は〇時を回っていた。

「ごめんね、長電話しすぎた」

「ああ、ほんとだ。楽しくて気づかなかった」

優しい声で笑う泰生に、今更のように感謝が湧く。結局、あれから次の酒は注いでもいない。グラスの氷は、完全に溶けていた。

澪ちゃん、と呼ぶ声がして、視線を上げる。向こうに真志の部屋を見たあと、逸らした。

「もう、飲まなくても眠れる？」

どこか切なく聞こえた問いに、目を閉じ長い息を吐く。冷え切った部屋も、今は私を傷つけない。

「うん。ありがとう」

「良かった。俺も今日はよく眠れそうだよ。じゃあ、おやすみ」

挨拶を返して、温もった携帯を置いた。明日が楽しみなんて、いつぶりだろう。

小さく笑い、グラスを洗う。突然感じた背後の気配に、総毛立つのが分かった。彼女が、触れるほど近くにいるのが分かる。動かない指先に、グラスから溢れた水が伝う。浅くなる息を落ち着けて、口を開く。恐怖はまだあるが、今はそれだけではない。

「どうすれば、あなたを助けられる？　誰を捕まえて欲しいの？」

そこが分かれば、私にもできることがあるはずだ。悲劇のために死んだのなら、「わたしといっしょ」なら、救われて欲しいと願っている。

「じぶん、だけ、たす……かろうと、する……なん、て」

でも、答えは思っていたものとは違っていた。私だけ助かる？　あ、と納得しそうになった時、目の前に両手が浮かぶ。一つは手首まで、もう一つは肘まであった。首と同じく、そこで切断されたかのような。

冷たいものが肌を這(は)い上がった瞬間、両手は躊躇(ためら)うことなく私の首を掴む。まるで掲げるように、軽々と私を持ち上げ始めた。爪先(つまさき)が床を離れると、手は更に首に食い込む。手放したグラスが、床で硬く鋭い音を立てた。逃れたいが、やっぱり私は触れられない。私より高い位置で向き合った顔は、この前見たものと同じ悲惨な状態だった。そんな殺され方をすれば、無念しかないだろう。

「……助け、たいの……ほんと、に」

「澪子！」

聞こえた声に目一杯視線を横へ外すと、視界の端に真志が駆け込んできた。

「お前が恨んでんのは俺だろ！　俺を殺せ、澪子に手を出すな！」

やっぱり、心当たりがあったのか。でも目の前の彼女はびくともせず、また首を絞める手に力を込めた。

「やめてくれ、エリ！」

悲痛に響く声にも、腫れ上がった瞼(まぶた)の隙間から私を見つめる昏(くら)い視線は揺れもしない。

助けたいと、本当に思ってるの。本当に。

もう声にできない思いを、必死に視線で伝える。私と一緒なら、死んでもなお同じように苦しんでいるなら。

耳鳴りの向こうに再び真志の声を聞いたあと、全ては暗闇に呑(の)まれて消えた。

──澪ちゃん、ずっと一緒にいようね。約束だよ。

突然思い出された澄んだ声に、目を開く。あれは、確か。

「大丈夫か、ちゃんと見えるか」

でも覗き込むように私を見たのは、泰生ではなく真志だった。

ベッドからゆっくりと体を起こし、傍に佇む憔悴の表情を見つめる。触れて確かめた喉にはもう、痛みはなかった。前回と同じだ。今回も、痕は残っていないだろう。

「別宅に帰ったかと思ってた」

泰生との電話を盗み聞きされていたとは思わないが、後ろめたさがないわけではない。酒を飲んでいたのも、バレているだろう。

「やっぱり、心当たりがあったんだね」

一息ついて切り替えた話題に、崩れたシャツ姿の真志は観念した様子で頷いた。

「お前と付き合う前に、一年くらい付き合ってた飲み屋の女だ。情報源でもあった」

最後の台詞に引っ掛かって、思わずじっと見据える。

──よくねえんだよ！

あの反応と現れた「エリ」の姿を思い出せば、答えは自ずと弾き出された。

「お前と付き合いたくて、電話一本で終わらせた。簡単に言えば、『捨てた』んだ。表に出せる女でもなかったしな」

いつもとは違う、感情の乗った声が少し掠れたあと、咳払いをする。

「そのあとしばらくして、死体が見つかった。体中の骨が折れて、顔は誰か判別つかないほど殴られてた」

「犯人は」

「目星はついてたけど、起訴には持ち込めなかった。エリの太客だった裏社会の人間だ。命令した奴と実行犯は別で、殺した奴らはとっくに大陸へ戻ってた」

「大陸」ということは、中華系のマフィアとかその辺りなのだろうか。てっきり、稼ぎどころの多そうな都会にしかいないと思っていた。こんなど田舎貧乏県で、何ができるというのだろう。

「俺に情報を流してたことを、繋がってる奴にうっかり喋っちまったんだろうな」

予想どおりの原因に、視線が覚束なく揺れる。

――客の情報を刑事に流してんだからな。最悪、殺される。

直接手を下したわけではないことくらい理解できるが、原因を作ったのは真志だ。別れる時にもっと誠意ある対応をしていれば、結果は変わっていたかもしれない。恨まれるのは当然だし、切っ掛けになってしまった私につきまとうのも、理不尽ではあるが納得はいく。ただ、なんだろう。今は頭の中が雑然としていて思考が続かないが、胸にはまだ違和感があった。エリのことは、一旦置いておくべきだろう。今は、違う違和感を片付けておきたい。

「ねえ。警察って、そんな不祥事起こしても出世できるとこなの?」

「お前、たまに気づかなくていいところに気づくな」

真志は毒気の抜けた表情で諦めたように笑い、眼鏡を外して眉間を揉んだ。

「でも、そこは知らなくていい」

いつものように突き放す声に、視線を落とす。

――捜査のためならなんでもする人だって、あまり良くない噂もちらほら。まあ、若くして出世するってのはそういうことなんだろうね。

思い出された泰生の言葉が、今更ずしりと胸に沈む。

「一人死んでるのに、それでもまだ違う人達に危ない橋を渡らせてるの？ また死ぬかもしれないのに。まさか、捜査のためなら一人や二人の犠牲くらい仕方ないって思ってる？」

しばらく待っても真志は黙ったままで、静まり返った部屋には息が詰まった。

「もう、いいよ」

対話を諦めベッドを下りようとした私の腕を、真志はきつく摑む。すぐに振り解こうとしたが、とても緩みそうになかった。

「放して」

「どこに行く気だ。仙羽のところか」

突然出てきた名前に、じっと真志を見据える。

そんなつもりはなかったが、もうそれでいいのかもしれない。もうどこでも、どうでもいい。ここ以外なら。

「あなたはこの十年、私から好きなだけ逃げ続けてたのに、どうして私は逃げられないの？　どうして私だけは、ここにい続けなきゃいけないの？」

涙交じりの訴えに、真志はようやく手を緩めた。昂（たかぶ）った胸を深呼吸で落ち着け、手を振り解（ほど）いてクローゼットへ向かう。ひとまず、数日分の服があればいい。仕事道具はまた明日（あした）だ。

支度の最後に、よれたワンピースをごまかす薄いコートを羽織る。軽いバッグを肩に掛け、ドアへ向かう。最後に一瞥した横顔がまるで似ていない叔母を思い出させて、足を止めた。

「店に、いるから」

捨てきれない甘さに諦めの息を吐き、迷いの中で寝室を出る。でも出てしまえば、足は迷うことなく玄関を目指した。

裸足にパンプスを突っ掛け、躊躇いなくドアを開ける。途端に滑り込んだ冷えた空気を深く吸い込み、その中へと足を踏み出した。

三、早く、見つけて

　泰生が店に現れたのは、居を移して最初の土曜だった。どことなく切実なものを漂わせる表情に一旦作業の手を止め、叔母に断りを入れて二階で話を聞くことにした。

「ごめんね、まだ片付けが行き届いてなくて」

　久し振りの六畳間に泰生を通し、雑多なものをひとまず座卓の下に隠す。

「いや、大丈夫だよ。この部屋、懐かしいね」

　休みのはずなのにスーツ姿だから、今日も仕事か。真志の言うとおり、まだ本社に帰還できない理由があるのだろう。

　斜向かいに腰を下ろした泰生は、気持ちを整えるように一つ深呼吸をする。何か、とんでもないことがあったのかもしれない。

「それで、どうしたの？」

　水を向けた私に、泰生は頷いて口を開く。

「今回の件は最終的に事件として処理されたから、給湯システムに問題はなかったってことにはなった。ただ、上がしっかり調べて報告書出せってうるさくてね」

真志の言っていた話と同じだろう。座卓の上で組み直される、滑らかな女爪の指先を眺める。あの日は予定どおり二人で寿司を食べて、ここまで手を繋いで帰った。昔を思い出す、優しくて温かい手だった。

「タンクの湯が二回とも使用分だけ減ってたのは確かなんだ。だから、上もその辺で疑ってるみたいでね。でも九十五度の湯なんて張れるわけがないし、タンクの湯温との差を説明なんてできないんだよ。給湯システムがタンクの湯を九十五度から六十五度に下げたのなら水が使用されているはずだけど、水道使用量にそれらしき変化はなかった。勝手に下がったとしても、あの断熱性の高いタンクで自然に六十五度まで下がるにはそれなりの時間が必要だ。夜亡くなって朝見つかった一度目でも考えにくいのに、死後一時間で見つかった二度目ではありえない。あと、使用された電力量も計算が合わなくてね」

潔白を証明するために調べたら、訳の分からない事態にぶつかってしまったらしい。私のような素人でも、おかしいのが分かるレベルだ。

「事故なら、湯船は遺体が見つかるまで九十五度を維持する一方で、タンクは九十五度から六十五度まで下がってたことになる。水も電気も使わずに、一時間でね」

「そんなの、無理でしょ」

「そう、無理だ。だから事件だってさんざん言ってるんだよ。でも、『無理です』だけの報告書を上げたらまたうるさいだろうしね。それで何か材料をもらえないかと思って、二年前に熱湯の事故を起こした他社に連絡したんだ。メインの担当者は退職してたけど、ほかの担当者はまだ残ってて話を聞けた。その時に、妙な共通点があることが分かったんだ」

いよいよ迫った本題に、頷いて次を待つ。泰生は、気持ちを整えるように口の中で小さく咳をした。

「その事故でも、亡くなった人は自殺をするつもりで、首を吊る紐の準備をしてたらしい。当時は、『首吊り紐を準備して自殺する前に風呂へ入って事故死』と処理されてた。今回の給湯システムとは違う、タンクなしで直接風呂の湯を温めるタイプだったからね。エラーログを吐かないエラーが出たものとして処理されてた」

偶然にしてはあまりに妙な一致に、冷たいものが背中を伝う。

「もちろん、可能性が皆無とは言えない。自殺なんて珍しい時代じゃなくなったし、死ぬ前に身を清めたい人がいるのも理解できる。でもそこに、エラーログを吐かない給湯システムが加わるのはありえないよ。向こうの担当者も、どれだけ調べてもエラーの原因は分からなかったと言ってた」

「じゃあ」

「俺は理系の頭だけど、小さい時に何度も澪ちゃんに助けてもらったから『そういうもの』が存在するのは理解してる。だから一度その可能性を考え始めたら、振り払えなくてね。報告はともかく、次の被害者が出るのだけは避けたいんだ。力を貸して欲しい」

正座の姿勢を整え頭を下げた泰生に、慌てて私も居住まいを正す。確かに「そういうもの」

が関わっているのなら、これで終わらない可能性はある。原因を突き止めない限り繰り返される悲劇なのかもしれない。でも今必要なのは、中途半端な私の力ではないだろう。

「私もあの幽霊について考えたいことがあるから、できることがあれば協力するよ。でも今必要な助力は私のその考察じゃなく、現実的な捜査だよね」

まず調べるべきは、今回とその事故の被害者の共通点だ。それは、私や泰生にできるものではない。出て行く日の姿を思い出し、鈍く痛む胸に溜め息をつく。

「気になることがあるからまだ個人的に調べるって言ってたし、頼めば捜査の手を広げてくれるとは思う」

「ごめんね。やっと逃げられたところなのに」

小さく頭を横に振って、視線を落とす。逃げてきたのは確かなのに、口にされると居心地が悪い。

——じぶん、だけ、たす……かろうと、する……なん、て。

あれから、彼女の気配を感じない。助けたいと言いながら、自分だけ逃げ出して救われてしまった。今の私を前にして、彼女はもう「わたしといっしょ」とは言わないだろう。

「大丈夫。次の被害を防ぐことの方が大切だから」

話をするのは確かに気まずいが、人の命には代えられない。それは、私より向こうの方がよく分かっているだろう。

「ありがとう、澪ちゃん。今日は仕事残してるからこれで帰るけど、今度は普通に会いにくるよ。これ、簡単な事故の情報とかいろいろ」

泰生は上着の内ポケットから取り出した封筒を座卓に置き、腰を上げる。続いた私を見下ろして、頭を撫でた。同級生のはずだが、なんとなく年下扱いされている気がする。

「かわいいなあ、澪ちゃん。折辺さん、早く諦めて判子押してくれないかな」

「仕事残してるんでしょ」

溜め息交じりに促すと、泰生は笑って座敷を出て行く。うまい返しではないのは、分かっている。後に続き、狭く急な階段を下りた。

「あら、もう帰るの?」

再び作業場へ戻ると、叔母が作業の手を止めてこちらを見る。チャイナ襟のワンピースも、いよいよ仕上げだ。

「うん、ちょっと用があって寄っただけだから。また来るよ」

おじゃましました、と慣れた様子で作業場を横切り表へ下りた。

「今度、三人でごはん食べに行こうよ。おばさんに何食べたいか聞いといて」

泰生は靴を履きながら会食の提案をして、昔と変わらない笑みを見せる。頷いた私の頭をまた撫でて、帰っていった。

時間ができたら連絡するよう真志にメッセージを送って、中へ戻る。

「いい感じじゃないの、早くくっつきなさいよ」

作業場へ戻った私に、叔母は手元を動かしながら老婆心を発揮した。

「そういう話は離婚してからにしてって言ってるでしょ」

「だって、早くしないとあんたが幸せになるのを見る前に死ぬかもしれないし」

物騒な物言いに、ルーペを摑んだ手が止まった。

「どこか、悪いの？」

職人の速さで針を動かす叔母を、じっと見つめる。いやな予感に肌がざわついた。

「そうじゃないけど、そういうことも考えなきゃいけない年齢だってことよ」

「まだ六十三でしょ？　やめてよ、もう。手が震えてきちゃったじゃない」

針を持たなければならないのに、指先が大変なことになっている。さすり合わせながら叔母を見ると、苦笑で応えた。

「あんたはほんとに、変わらないわねえ。あんたがそんな調子だから、店を譲る話もろくに進められないのよ」

「だって、それはまだ」

話題に上りそうになる度に、避けていた話だ。叔母はまだ元気だし、師匠だし、私には荷が重すぎる。

「いい？　何度も言ってるけど、あんたの技術はもう私を超えてる。いつでも店を任せられるし、来るかどうかは別として弟子だって取れるレベルなの。弟子って立場に甘えて隙あらば私の後ろに隠れようとするのは、いい加減にやめなさい」

耳に痛い言葉に、正座の膝を向けて座り直す。確かにお客さんの中には、私の方が巧いと言う人がいる。でも、どうしても素直には喜べない言葉だった。

「あんたが私を尊敬してくれてるのはよく分かってる。私にとっても、師匠は神様みたいなもんだったわ。でもね、師匠ってのは超えるために存在する基準なの。それにどんだけ技術で超えても、職人としてのプライドは超えられないもんよ。私はあんたの方が巧いって言われるのを誇らしく思ってるし、店を譲りたいと思えるほどの職人に育て上げた自負もある。だから安心して、前に出てきなさい」

重みのある師匠の言葉に頷き、安堵する胸を確かめる。

——澪子、やり方はもう見て覚えてるでしょ。これ、やってみなさい。

初めて練習用の布を渡された日の喜びは、今も覚えている。やっぱり、この人に育ててもらえて良かった。

「ありがとう。少しずつでも、出ていけるようにがんばるよ」

「その言葉が聞けて良かったわ。あんたは覚悟さえ決まればブレないからね、仕事は」

含みのある最後に、弟子から姪の視線に戻す。

「仕事以外は、そっとしといて」

「そっとしといた結果、ぽっと出の刑事に持っていかれた経験から言ってんの」

「ぽっと出って、あんなに熱心に捜査してくれたのに」

思わず眉を顰めた私を気にせず、叔母は作業を続ける。熟練した指の間に、ちりめんの波が寄っていく。

「あの人はそれが仕事で、命を懸けてるからよ。あんたは、優しい人だから熱心に捜査してくれたんだと勘違いしてたけどね。どう見ても相性は悪かったし、そもそもあんたは刑事の妻に向く性格じゃない。そんなことくらい、向こうは最初から分かってたはずよ。見た目が好みだったとしても、あの仕事に命懸けてる人が選ぶわけはないと思ってた。そのうち振られて、泣いて帰ってくるだろうなって」

「そんなシビアなこと思ってたんだ」

全く気づかなかったし、なんなら温かく見守られていると思っていた。今更驚く私に、叔母は溜め息で応える。

「結婚するって報告された時も、止めようか最後まで迷った。でも、あんたの向いてなさを分かってても結婚したいって思えるほど愛してくれるんならって」

叔母は私が障りを消せることも、真志の障りを消していることも知らない。まあ知っていたら、「障り消し要員だからやめておけ」とはっきり言われていたはずだ。

──それでも、俺はお前がいいんだよ。

相性が悪く刑事の妻にも向かない女とそれでも結婚生活を維持しようとした結果が、あの別宅だったのだろう。会わない方が上手(うま)くいくのは、私より真志の方が分かっていたのだ。たまに会って、夫婦にしては他人行儀な会話をして、障りを消して、抱く。

真志だって、さすがに死ぬまでそんな生活ができるとは思っていなかったはずだ。私がいつまで「持つ」と思っていたのか。

「大事にされてなかったとは、今は思ってないよ。でもあの人のやり方じゃ、私はずっと寂しいままだったたってだけ」

「それが『性格の不一致』ってやつよ。借金や暴力がなくても、夫婦は死ぬの」

先達の重みある言葉が響いた時、来店のチャイムが鳴った。

沈んだ胸を業務用に切り替えて表に出ると、べっとりとした障りにまとわりつかれた真志が立っていた。黒々とした澱(おり)の隙間に、かろうじて具合の悪そうな顔が見える。

「とりあえず上がって」

カウンターを出て腕に触れると、障りが揺れた。どうして、こんなに。

「叔母さん、ごめん。真志さん来たけど具合悪そうだから、ちょっと上で休ませるね」

靴を脱がせて中に入れると、叔母が驚いたように真志を見る。

「真っ青じゃない、大丈夫なの?」

障りが見えない人には、そう映るのだろう。

「すみません。お邪魔します」

障りの向こうから聞こえた声は、少し掠(かす)れていた。

階段を先に行かせて、後ろから手を握る。握り返す手が力を込めると、障りがさざなみだつように揺れ始めた。手首にはまだ私のミサンガがあったが、抑えきれなかったのだろう。

元々、気休めみたいなものだ。それにしても、出て行ってまだ一週間も経っていないのに。

階段を上がりきるだけで息を切らす真志の手を引き、部屋へ通す。じゃあ、と言うより早く抱きついた体には驚いたが、今はこれを消すのが先だ。

覆い被さるように抱き締める腕の間を縫って、背中に手を回す。ゆっくりと息をするのに合わせて、障りが少しずつ薄らいでいくのが分かった。

——その力があろうとあるまいと、私達が為すべきは人間としての日々の営みです。

私が障りを消すと知っているのは泰生と真志だけ、これ以上増やそうとは思わない。本当はもっと多くの人を救うために使うべきなのだろうが、考えただけで縮こまってしまう。

五分ほど経つ頃、手触りがふと軽くなり息の音も深いものに変わる。少し手こずりはしたが、問題なく消せたらしい。

「消えたみたいだけど、どう？」

「楽になった。急に悪かったな」

そのまま座ろうとする真志に合わせて、私もその場に腰を下ろす。真志は一旦離れて横になったあと、私の膝を枕にした。血色の戻った顔はそれでもどことなく具合が悪そうだったが、私ができるのはここまでだ。

「お前の力、あれに触って消すだけじゃねえだろ。お前が出て行ってから、加速度的になんか背負ってこのザマだ。昔を思い出したわ」

真志は眼鏡を外し、解すように眉間を揉む。そう言われても、当たり前だがまるで実感はない。

「お前と付き合う前までは、たまにこうなってたんだよ。軽いもんならサウナや運動で散らせてたけど、どうにもならなくなった時は寺に駆け込んでた」

「そうだったんだ」

捜査に来る度に障りが増えたり減ったりしていたのは、そのせいだろう。体を動かしたり汗を流したりするのは、リフレッシュになっていいのかもしれない。

「この前まで、やっと耐性がついたんだと思ってた。昔とは比べもんにならないほど楽になってたからな。でもあれはずっと、お前に守られてたんだな」

「まるで自覚はなかったけど、元に返ったんならそうだったんだろうね」

これまで守っていたものを守らなくなったのは、逃げ出したことで私の心境に変化が生まれたからだろう。今ならどうにか、一人でも生きていける気がする。

「離婚しても」

「しねえ」

この状況でなお拒否できるメンタルの強さに、思わず感心した。

「守りが薄くなるから連れ戻そうとしてる?」

「守りは関係ねえよ。帰ってこい」

下からの射貫くような視線と残酷な言葉に耐えかねて、座卓へ手を伸ばす。

「これ、事件に関する新情報。仙羽さんから」

真志は舌打ちして受け取り、早速茶封筒の中身を取り出した。

「仙羽さんも行き詰まって、二年前に熱湯の事故を起こした会社に話を聞いたんだって。そしたらその事故の被害者も、首吊り紐を準備したあとお風呂で同じように茹だって亡くなってたって」

端的な説明を聞き終えるより早く、起き上がる。黙って泰生のまとめた情報に目を通したあと、私を見た。

「お前の管轄か」

「そうじゃないかなとは思うけど、今はまず被害者の共通点を探すのが最初だよ。下手したら、次があるかもしれない」

「俺も四、五年前にどっかで聞いた釜茹で事件を探してたな。うちの県じゃねえけど、未解決のままお蔵入りしたやつだ」

「どんな？」

「風呂じゃなくて、飯炊きに使うあの釜で切断された体が茹だってたって噂だ。ちらっと聞いただけだから、伝言ゲームで変わってるかもしれねえけどな」

切断された体。言われて浮かび上がったのは、あの夜私の首を絞めた二つの手と、浮かび上がった顔だ。

「話を蒸し返すようだけど、エリさんの遺体は切断されてた？」

「いや、骨が折れてただけだ。手脚の欠損はなかった」

「目は？　片方が潰されてなかった？」

続けた私の問いに、真志は黙って用紙を畳む。

「両方、潰されてた」

予想を上回る凄惨な報告に、息を呑んだ。その時の恐怖と痛みを想像しただけで、呼吸が浅くなる。でも、これで分かったこともある。

「私を殺そうとしたのは多分、エリさんじゃない。でもそれは別にして、ちゃんとお墓参りには行って」

「盆には行ってる。行旅死亡人扱いだったから、無縁墓地にまとめられてるけどな」

「コウリョシボウニン？」

聞き慣れない言葉を繰り返すと、真志は茶封筒をスーツの内に収めて振り向いた。

「引き取り手のねえ遺体のことだよ。エリは不法滞在者の娘で、国籍も戸籍もなかった」

「分かってて、付き合ってたの？」

本来なら、それを取り締まる立場だろう。

「最初は情報源として付き合ってた奴だからな。弱みとして握ってた」

「そんな仕事のやり方して、幸せ？」

「幸せになりたくて、この仕事してるわけじゃねえよ」

真志は非難を込めた私の視線を避けて向き直り、腰を上げた。

「じゃあ、なんの」

「市民の安全と社会の平和を守るためだ」

あっさりと返されたが、それは警察の存在意義だろう。そんなことが聞きたかったわけではない。

ねえ、と呼ぶ声にも足を止めることなく、真志は階段を下りていく。もう何も話すつもりはないのだろう。諦めて、黙ってあとに続いた。


今日の仕事を終えて、個人的な作業に取り掛かる。

「まだ仕事するの？」

「これは違うよ。個人的に作りたいものがあって」

黒い刺繍(ししゅう)糸の撚(よ)りを解(ほど)きながら答えた私に、叔母は、ふうん、と返した。

「じゃあ私は帰るけど、戸締まりだけはしっかりすんのよ」

「うん。カーテンだけ閉めといて」

叔母は自作した大島紬(おおしまつむぎ)のリメイクバッグを肩に掛け、おつかれさま、と作業場を出て行く。

私が結婚するまでは、ここに二人で住んでいた。ただ、私が離れて再び一人暮らしになった叔母は、あの夜の恐怖を思い出すようになってしまったらしい。以来職場と生活の場を分けて、近くのアパートで暮らしている。

私も正直言えば、怖くないわけではない。あの夜を思い出すと、今でも動悸(どうき)が起きることがある。でもあの部屋で一人、帰ってこない真志を待ち続ける日々よりはマシに思えた。

新たなミサンガを編む準備を終えた時、携帯が短く鳴る。手を止めて確かめると、泰生だった。

『ごはん食べた？　弁当買っていこうか』『ありがとう。鶏南蛮があればお願い』『了解』

気軽なやり取りを終えた携帯を置き、簡単に描いた図案を確かめながら糸を絡めていく。真志に渡す、二本目のミサンガだ。今回は巻きつけ方に変化をつけて、魔除けになるらしい麻の葉柄を織り込んでみることにした。前回より幅が太くなるから目立ちやすくはなるが、致し方ない。

――幸せになりたくて、この仕事してるわけじゃねえよ。

好きで仕方ない仕事なら、幸せではないのか。私のかけつぎが天職であるように、真志もそうだと思っていた。だから、やめて欲しいと言ったことはなかったのに。

浮かび上がってきた図案の線を爪の先で整え、また編んでいく。

じゃあ、真志はどうすれば幸せになれるのか。

乱れたリズムに一旦手を止め、一息ついてまた編み始める。考えない方がいいことは、ひとまず置いておくことにした。


しばらくして再訪した泰生は、二人分の弁当を提げていた。

「わあ、おいしそう。ありがとう」

テーブルに着いて蓋を開けた途端、甘酢の良い香りが鼻をくすぐる。

「俺がちょくちょく行ってる定食屋のテイクアウト。とんかつもおいしいよ」

向かいで開かれた泰生の弁当は、確かにとんかつだった。

「そうなんだ。泰生くん、お店よく知ってるんだね。この前のお寿司もおいしかったし」

「ずっと外食だからね。どうせならおいしいの食べたくて、あちこち開拓してるんだ」

ずっと外食、か。

「孝松の家には、行ってないの？」

タルタルソースの袋を開けながら、久し振りの苗字（みょうじ）を口にする。この前は昔の自分達のことばかりで、家族の話なんて忘れていた。

「うん。数年前にお祖母（ばあ）さんが亡くなってからはね。あそこはもう伯父（おじ）さんの家だから」

「そっか。やっぱり気を遣うよね」

亡くなった話は、正月に母から聞いた。

うちの祖母とは、嫁に来る前から仲が良かったらしい。しゃんとした着付けに似合わずおっとりとした「お祖母様」だった。私と泰生が仲良くしているのを、廊下の籐（とう）椅子からいつも嬉（うれ）しそうに眺めていた。

「澪ちゃんは、実家帰ってる？」

泰生はとんかつにソースを満遍なく掛けながら尋ねる。

「盆と正月だけね。小言言い始めたら、耳塞（ふさ）いで聞かないアピールしてすぐ帰ってる」

「強いね」

「同じことしか言わないからね。ずっと何言われても我慢してたけど、二年くらい前に逃げればいいって気づいたの。それからは、割と快適」

「そっか。つらくないなら良かった」

安堵の笑みで、泰生は手を合わせる。私も倣って手を合わせたあと、箸を手に取った。

「澪ちゃん、とんかつ食べてみる？」

「うん。じゃあ、交換しよ」

子供の頃のように互いのものをトレードして、早速食べる。まだ温かい一切れは、衣の歯ざわりもいい。噛み締めた肉からは脂がじゅわりと染み出た。

「ほんとだ、おいしいね」

「鶏南蛮もいいね。甘酢がしっかり利いてる」

「やった、私の好きなタイプ」

ごはんを食べて後口を整えてから、私も鶏南蛮へ向かう。たっぷりのタルタルソースと千切りキャベツと共に、一切れを頬張った。噛み締めると、しっとりした衣から滲み出た甘酢がタルタルソースと混じり合い、なんとも言えない旨みに変わる。しゃきしゃきとした歯ざわりのキャベツもいい。

「おいしい、幸せ……」

「良かった。あとでお店教えるよ。今度からは、四百八十円で幸せが買える」

「そんな安いの？　私、『鶏南蛮の人』って言われるくらい買い続けるよ」

一度ハマると長い性質だ。好きなお菓子も、小学生の頃からずっと変わっていない。

「老夫婦がやってる小さな店だから、喜んでくれるよ」

泰生は笑って、とんかつを口に運ぶ。おいしいね、と嬉しそうに目元を緩めた。

「職場の人とも、ごはん食べてる？」

「うん。俺も誘う方だし、誘われたら仕事がなければ断らないな。若い頃は立場もあるし遠慮して仕事だけしてたけど、飲み食いを共にした方が上手くいく場面が多いってのを実感してね」

泰生は口元を隠しつつ答えて、ごはんに箸をやる。

「俺は技術部でも設計の方にいるから、現場に無理って言われることも結構あるんだよ。でもそれを『そこをなんとか』で頼み込んでどうにかしてもらってる。逆に、現場に頼まれて上に融通をつけることもあるしね。互いに『この人の頼みなら仕方ないな』って思える関係性を作るようにしてるんだ。仕事も結局は人間関係だからね。円滑にする努力をしといて損はない」

「すごいね。私、作業なら何時間でもできるけど、お客さんが三人来るとぐったりするよ。一人でも障り背負ってる人が来ると、それだけでつらいしね」

「他人は助けない」と割り切れていれば楽になれるだろうが、そうではないから毎度葛藤（かっとう）してしまう。どうせ助けないくせに、「言っても不審がられないだろうか」と考え始めてしまうのだ。

「じゃあ、今は誰も助けてないんだ」

「ううん、夫を」

答えたあと、すぐ後悔に襲われて弁当から視線を上げる。

「ああそっか、だから離婚」

「そういうわけじゃ、ないんだけど」

慌てて遮ったあと、気まずさに視線を落とした。

「ごめん。障りを消す人と消される人の組み合わせなんだから、そう思うよね」

「いや、俺も安直すぎたよ。ごめんね」

詫(わ)びた私に、泰生も応えて詫びる。おずおずと上げた視線の先に、いつもの笑顔があって安堵した。

「でも、ちょっと驚いたかな」

泰生は残り少なくなったとんかつに箸をやりながら、私を見る。薄いレンズ越しに見えるのは、光のない昏(くら)い瞳(ひとみ)だ。

——お前、幼なじみなんだろ。昔からあんな薄気味悪い奴だったのか。

そんなはずはない。泰生は昔のまま、優しくて穏やかなあのままの。

「まだそんなに、縋(すが)りついてるとは思わなかった」

温度のない声で零(こぼ)したあと、品の良い箸遣いでとんかつを口に運んだ。


小学校の高学年になるまでは、ほとんど泰生と一緒にいた。

父の車で登校したあと直接保健室へ行き、登校してきた泰生と少し話をして別れ、一人で午前中の勉強をした。午後は呼びに来た泰生と教室へ行って給食を食べ、また保健室で勉強をして、迎えに来た泰生と一緒に帰った。休日はどちらかの家か叔母の店で一緒に遊んで、たまに障りを消した。

五年生になりクラスで授業を受けるようになったあとも、泰生は積極的に献身的に私を支えてくれた。それは確かにすごく嬉しかったし、感謝もしていた。でも私はクラスに馴染む(なじ)ほどに、障りを背負っていない優しい女子達と一緒に過ごしたいと思うようになっていった。泰生は喜んで受け入れてくれ、私は彼女達と一緒に笑い、遊び、下校するようになった。休日に、特に仲良くなった子の家へ遊びに行ったこともあった。

ただ、少し経つと彼女達がみな障りを背負い始めたのだ。一人は原因不明の熱を出し、もう一人は精神的な不調で学校に来られなくなった。自分のせいだと恐ろしくなった私は彼女達から離れ、また泰生と過ごすことにした。

――澪ちゃん、ずっと一緒にいようね。約束だよ。

戻ってきた私を笑顔で迎え、泰生はゆびきりの小指を差し出した。

「これでいいかな。消えたよ」

消し終えた障りに一息ついて、手を下ろす。今日は昨日ほど酷(ひど)くなかったから、割とすんなり消えた。でも叔母は今頃、下でやきもきしているだろう。

「悪いな、連日。帰ってくれれば週一で済むから帰ってこい」

直球で連れ戻そうとする真志に苦笑し、ポケットから二本目のミサンガを取り出す。

「一本目は試作だったし疑いながら作ったせいで守備力弱そうだから、二本目を作ったの」

昨日は結局、眠れなくて一晩中これを編んでいた。作業に集中して、胸をざわつかせるものから意識を逸らしたかったのだ。

「編み方を変えて、魔除けの効果があるらしい麻の葉柄を編み込んでみた。黒一色だけど、光の当たり具合で地紋が見えるよ」

「すげえな、さすが職人」

結び終えた二本目を窓越しの陽光に翳しながら、真志は地紋を確かめる。

「少しくらい効果があればいいんだけどね」

「こんな細い紐には荷が重いから帰ってこい」

ミサンガから私へ移った視線から逃れて、腰を上げた。

「ほら、仕事中でしょ」

襖を引いた私に、真志もようやく腰を上げる。

「今晩、メシ食いに行くぞ。食いたいもん考えとけ」

「高級フルコースでもいいの?」

「いいぞ。『嫁に逃げられた』ってつった瞬間からメシ代掛かってねえから、金が余ってる」

戸口に来て足を止め、皮肉っぽい笑みを浮かべた。要は、奢られ続けているのか。

「うちは『嫁に逃げられた夫』と『嫁に逃げられそうな夫』と『先輩を見て結婚を切り出せ

ねえ新人』で構成されてるんだよ」

「元妻と妻を集めて食事会したら、最初から最後までずっと怨嗟の声が溢れてそう」

「想像しただけで地獄だな」

階段を下りて行く真志に、私も続く。

――まだそんなに、縋りついてるとは思わなかった。

離婚を切り出したからといって、わざと夫婦の亀裂を深めるようなことをする必要はない。離婚はしたくても、憎みたいわけではないのだ。

「私、あなたを嫌いになりたくないの」

ぼそりと零した声に、真志は足を止める。

「なら、ぶっ殺したくなるまで傍にいろ」

肩越しに一瞥して、残り少ない階段を下りた。

私の言いたかったことは伝わったはずなのに、それでも受け入れるつもりはないのか。

また夜に来ると言い残して出て行った背を見送り、作業場に戻る。

「刑事だけあって、始める時も終わる時も粘るわねえ」

ワンピースに仕上げのアイロンを掛けつつ、叔母が呆れたように零す。

「離婚する頃、相手のことどう思ってた？　暴力が理由なら、あんまり比べられないかもしれないけど」

「いや、暴力そのものより『嫁は俺の下僕』って考えと態度が許せなかったから、離婚したの。腹立って仕方なかったわ」

「嫌いだった？」

ルーペを掛けながら確かめた後ろ頭が、こくりと縦に振られる。

「顔も見たくないくらいね。『俺の言うことを聞け』『恥を掻かすな』ってぎゃんぎゃんうるさいから、最後はバッグで張り倒して家を出たもの」

やっぱりそれくらい憎み合わないと、無理なのか。憎む前に別れたいなんて、ただの綺麗ごとなのかもしれない。

「そんな風に嫌いになれたら、楽なんだろうな。私はまだ、『もう絶対離婚してやる』の大波に紛れて『もしかしたらまだやり直せるかも』の小波が来るの。離婚したい自分がいるのは間違いないのに、捨てきれないものがずっと胸で燻ってる。多分」

零れ落ちそうになった言葉は呑み込んで、緩く頭を横に振る。依頼品のシフォンワンピースを手にとって、糸引きの補修に掛かった。


七時半の予定が八時になりはしたものの、真志はちゃんと姿を現した。

「もう来ないと思って、カップ麺食べようとしてた」

カウンター越しに蓋を半分まで開けたカップ麺を見せると、真志は苦笑する。

「それは明日の昼に食え。行くぞ」

「あ、ちょっと待って。置いてくる」

一旦台所へ戻ってカップ麺を置き、戸締まりをして表に下りた。カーテンをきっちりと閉め、古びたガラス戸に鍵(かぎ)を掛ける。念入りに掛かり具合を確かめて、歩き始めた真志のあとを追った。

「で、何食うか決めたか」

「やきとりかな」

真志は歩きながら、私を見下ろす。貧相な街灯に照らされた表情は苦笑を浮かべていた。

「高級フレンチじゃねえのかよ」

「そんな高いの、気後れして食べた気がしないからいい」

たとえおいしくても、気後れしてしまう料理は苦手だ。子供の頃は祝いの席でそんなものも食べさせられたが、ずっと居心地が悪かったし食べた気がしなかった。向いていないのだ。

「斎木の娘と付き合うって上に報告した時、心配されたんだよ。お嬢を養えるのか、生活も食ってるもんも違うだろって。でも散々言われたあと会いに行ったら、お前六畳間で肉まん食ってたからな、正座して」

「そういう、華やかでお金が掛かるイメージにぴったりなのは妹だけだからね。私は人の注目を浴びるのは苦手だし、かけつぎしてる時が一番幸せだったから」

初めての話に答えながら、隣を歩く。

「『斎木の娘』で聞かれる内容はほぼ、妹の話だったからな。『それ妹ですね』『それも妹です』ばっか言ってたわ。かといって『姉はすごい力持ってます』なんて言えねえしな。もう面倒だから、『姉は顔がいい』って答え続けた」

「雑すぎない？」

確かに事実は言えないが、あまりに適当すぎるだろう。

「でも『そりゃ美人には弱えよなあ』って納得されるから楽なんだよ。県内回って帰ってきたら、『嫁の美貌に完落ちした人』になってたわ」

「雑なことするからだよ」

まるで違うレッテルに、思わず笑った。でもまあ、と続いた声に視線を上げる。

「悪い気はしねえよな。嫁の尻に敷かれてるくらいがちょうどいいんだよ」

「敷かれてないでしょ、好き勝手してるじゃない。浮気してるし」

「してねえ」

頑なな否定に、視線を落とす。

情報源になれるほどしっかりした女性なら、小遣い程度の金で命を危険に晒すことの危うさくらい分かっているはずだ。それでもその道を選ぶのは、真志を好きだからだろう。捜査のためならなんでもできる真志が、躊躇うとは思えない。でもそれは仕事のうちだから、真志にとっては「浮気ではない」のだ。だめだ、帰りたくなってきた。

「帰ってカップ麺食べたくなってきた」

「もうすぐ着くから我慢しろ」

引きこもりたくなった私を連れて、真志は明るい通りに出る。飲み屋と風俗店が入り交じる、この街唯一の歓楽街だ。きらびやかなネオンが目に痛い。私は萎縮する光だが、真志にはよく似合っていた。インテリヤクザみたいに見える。

　真志は時々通りの左右に視線をやり、客引きに出ている人間になのか、目配せしていた。定期巡回を兼ねているのかもしれない。これも仕事のうち、か。

「なんで、刑事になったの？」

　なんとなく口にした問いに答えないまま、真志は一軒の赤ちょうちんを選んで入って行く。遅れて、色褪せたのれんをくぐった。


「伯父が、刑事だったんだよ。母親の兄さんな」

　真志が切り出したのは、やきとりを一通り楽しんで熱燗も二合が空く頃だった。

「そうなんだ。ここで働いてたの？」

「ああ。お前んとこの店に泥棒が入った時、一緒に捜査した人がいただろ。あの人は伯父がかわいがってた後輩で、その縁で俺の面倒をみてくれてたんだ」

　確か、伏丘だったか。滑らかに語られる初めての話に頷いて、猪口を傾ける。

　店はカウンター席が十個ほどの小さなところで、私は一番隅で壁と真志に挟まれて座っている。視線を上げればちらほらと障りを背負った人達が見えるが、隣でなければ問題ない。

「伯父は暇があれば遊びに来て、特に俺は小さい頃からよくかわいがってもらってた。自分は結婚する気がなかったみたいだから、俺を我が子みたいに思ってたのかもな」

残りの酒を真志の猪口に注ぎ、女将さんに追加を頼む。大将が、新たに焼き上げたつくねとねぎまを二本ずつカウンターに置いた。夫婦と思しき二人は、どちらも七十を越えた辺りに見える。二人でずっと同じ場所で働き続けるなんて、よほど相性が良くないと無理だろう。仕事でも、仕事外でもずっと一緒だ。

「俺が小学校に入った年の夏、川遊びに行ったんだよ。母親と伯父と兄貴と俺でな。よく晴れて、暑い日だった。兄貴は水が冷たいのがいやで少し離れたとこで母親と釣りしてて、俺は伯父と川に潜って遊んでた。体力奪われるから休憩しながら遊ぶって約束してたんだけど、俺は魚を見るのに夢中になっててな。『もうちょっとしたら上がる』って言うこと聞かなかったんだ。伯父は仕方なく一足先に上がって、一服しながら俺を見てた」

つくねとねぎまを一本ずつ皿に置き、猪口の水面を揺らす真志の横顔を見つめる。どこかぼんやりとした、毒の抜けた表情だった。

「潜って泳いでる魚を見てたら、急に水が濁ったんだよ。さっきまで澄んでたのに、急にな。不思議に思って立ち上がったら、血相変えた伯父が俺を呼びながら川に入ってくるのが見えた。なんでだろうと思って上流見た途端、動けなくなった。土石流みたいな濁流が、すぐそこまで押し寄せてきてたんだ。鉄砲水だった」

ああ、と納得して頷く。鉄砲水は上流で堰き止められていた豪雨や雪解けの水が一気に流れ落ちたり、上流の集中豪雨が原因となったりして起きる。よく晴れていたのなら前日までに大雨が降っていたか、夏だから上流でゲリラ豪雨が起きていたか、そんなところだろう。

ダムの放流で人工的に起きることもある。鉄砲水で人が亡くなる事故も、少なくはない。

「伯父は俺と一緒に押し流されて、それでも俺をどうにか岩の上に押し上げて助けた。でももう、自分が助かる力は残ってなかったんだよ」

予想できる結果に、私も空になった猪口を見つめる。自分か子供かどちらか一人なら、子供だ。もっとも自分を選ぶ人なら、最初から助けになど向かわなかっただろう。

「四十で死んだ。警部補になったばっかの年にな」

真志は抑えた声で結末を告げ、温んだ酒を呷った。

――警部補より出世するつもりはねえから、昇進したら必ず埋め合わせする。

あの言葉には、伯父への弔いが含まれていたのだろう。

「大人になったら刑事になって、伯父のできなかったことをする。それが俺にできる最大の弔いだし」

真志はふと我に返るように表情を戻し、届いたばかりの徳利を摑む。私の猪口に注いで、自分にも手酌した。

「贖罪だ。俺も、救われるんだよ。『俺が殺した』って呪いからな」

酒に呑まれた連中の荒い笑い声の隙間に、抑えた声が滑り込む。何か言うべきだろうが思い浮かばなくて、黙って猪口を傾けた。それほど飲んでいないはずだが、酔いが回ってきたのが分かる。そういえば、昨日は眠っていなかった。

「あなたが殺したんじゃないって言われても、納得できないよね。他人の言葉じゃ、救われないんだよ。結局、自分は自分で救うしかない。自分の思う形でしか、無理なんだよ」

「回ってんな」

頷き、押さえた頬は熱くなっていた。一息ついて、壁に頬を預ける。ひんやりとして心地よい。

「昨日の夜、ミサンガ作ってて一睡もしてなかったことを思い出した」

「無理してんじゃねえよ。いつでも良かっただろ」

「良くないよ」

あくびを嚙み殺し、引き寄せられる腕に従い反対側の肩に凭れる。壁ほど心地よくはないが、落ち着く。目を閉じて長い息を吐いた。

「着けてたら少しくらい、思い出してくれるでしょ」

口が滑った気はするが、酔いのせいにしてしまえばいい。重い瞼はどうにか開けてもすぐ閉じてしまう。遠くに聞こえる喧騒と炭の香りは感じられたが、あとはなんとかしてくれるだろう。諦めてもう、眠ることにした。


ぼんやりと目を覚まし、常夜灯が朧に照らす隣の寝顔を確かめる。

油断していたら、眠っている間に持ち帰られてしまった。

起こさないよう腕から抜け出してベッドを下り、脂臭いブラウスを羽織ってクローゼットを開く。気を抜くと笑う膝をさすり、パジャマ用のワンピースと下着を摑んでバスルームへ向かった。

早く、離婚しないと。

温めのシャワーを浴びつつ、長い息を吐く。先月からずっと拒み続けていたから、諦めたと思っていた。もし調停になってしまった時、夫婦生活があったと真志が証言すれば、関係を修復できると判断されてしまうのではないだろうか。

職場の話も仕事の話も、これまで聞かせなかった話をするようになったのは、考えあってのことだろう。私が絆されるのを狙っているような気がする。

もちろん、それでこれまで満たされなかったものが満たされるなら、時間は掛かっても問題は消えていくだろう。でも元々相性の合わない二人で、私は刑事の妻に向かない女だ。私の心が裏切られる痛みを忘れる前に、元に戻るのは分かっている。元の鞘に収まって、後悔するのは私だけだ。傷つくのも。

湯の滴る髪を搔き上げ、曇った鏡を拭う。背後の顔と目が合って、勢いよく振り向いた。背にした鏡がひやりと冷たい。相変わらず輪郭の歪んだ、首から上だけの顔だ。誰が、こんな酷い目に遭わせたのか。

「何か少しでも、覚えていることはない？　名前は？」

「な、まえ……」

これまでと違う反応に、体を起こす。少しは、気持ちが届いたのか。

「そう、名前。あなたの名前は？　あなたを助けるために必要なの。名前を、教えて」

肌をざわつかせるものを宥め、言い聞かせるように繰り返す。なまえ、とまた腫れた口が小さく繰り返す。その時、扉が勢いよく開いた。

顔は、振り向くことなく溶けるように消える。

「大丈夫か」

「大丈夫だよ。もうちょっとで、名前を聞き出せるとこだったけど」

溜め息をついて、再びシャワーを出す。寒さで粟立った肌を温めていると、真志が内側で扉を閉めた。項垂れた私を抱き締める腕は、相変わらず温度が高い。

「帰ったかと思ったんだよ」

「服脱ぎっぱなしだったでしょ」

「見てねえ」

力を込める腕に諦めの息を吐き、一塊になったままシャワーを浴びた。


彼女と対話できそうなのはここしかないのだから、致し方ない。

「たまに来るよ。あの人が出てきてくれるのは、ここだけみたいだし」

冷凍庫に残っていた食パンにバターを塗りながら、苦渋の決断を伝える。

「いつ出てくるのか分からねえんだろ？　効率悪いじゃねえか、帰ってこいよ」

「きません。もういいから、早く食べて仕事行って」

拒否した私を鼻で笑い、真志はコーヒーを啜った。

叔母には真志と食事に行くと伝えていたから、店にいなければ察してはくれるだろう。でも、三十五にもなって察されるのはつらい。叔母が来る前に行かなくては。

「今日、例の事故起こしたメーカーに連絡してみる。あと、釜茹で事件の方も概要だけは摑めたわ。四年前にじいさんが釜茹でになって一緒に住んでた息子が捕まったけど、証拠不十分で釈放されて未解決扱いになってる。こっちも今日、所轄に連絡してみるわ」

突然切り出された捜査の進捗状況に、食パンをかじりながら向かいへ視線をやる。

「夫が刑事のおかげで調査が捗るぞ。結婚しといて良かったな」

ここぞとばかりに売られた恩に苦笑した。滅多にない機会だが、こんなことがしょっちゅうあるならその方が困る。

「結果が聞きたかったら、今日も帰ってこい」

「電話でいいじゃない」

「だめだ。顔を見て話す」

続いた条件に、項垂れながらカップを摑む。

「じゃあ、店に来ればいいでしょ」

「気を遣うし通うのが面倒くせえ」

「私だって面倒くさいもん」

「なら泊まればいいだろ」

まあそうだけど、と言い掛けてはっとした。

「なんか昔こんな感じで丸め込まれて付き合って、更に丸め込まれて結婚してしまったのを思い出した」

「『してしまった』じゃねえよ。納得してただろ」

確かにそうだが、今の私ならあんな簡単にはいかなかった気がする。何より、真志は最大のデメリットである刑事の生活についてほとんど語らず、「忙しいけどなんとかなる」だけで押し通したのだ。

「『結婚したらもっと一緒にいられるようになる』って嘘ついたの、忘れてないよ」

「一回あたりの平均時間は伸びてるから嘘じゃねえ」

「じゃあ離婚してもその理屈で会えばいいじゃない」

「離婚後もこの頻度で会うんなら、尚更する必要ねえだろ」

したり顔でパンを食いちぎる真志に、言い返す言葉が浮かばずコーヒーを飲む。まあそうか、と一瞬でも思ってしまった自分が情けない。

「もうやめる。また丸め込まれるから」

頬を押さえた私に笑った時、携帯の着信音が鳴り響く。もちろん、私のものではない。溜め息をついて腰を上げた真志は、まっすぐに廊下へ消えた。

冷えていく胸が、忘れそうになっていた現実を思い出す。電話一本でいなくなっていつ帰ってくるかも分からない、別宅持ちで私とは相性の悪い「刑事」だ。

腰を上げて、食べ終わったばかりの食卓を片付けに掛かる。性懲りもなく湧きそうだった期待を断ち切って、皿を手にした。

——悪い、現場が入った。手が空いたら連絡する。

予想どおりの言葉を残して、真志は出て行った。調査が足踏みするのは残念だが、いつものことだ。今更傷つく理由はない。

「澪ちゃん、大丈夫?」

今日は正しく客として現れた泰生が、カウンターの向こうから窺う。

「ごめん、説明おかしかった?」

「いや、仕事スイッチはちゃんと入ってるけど元気ないから」

今日持ち込まれたズボンは、太ももの辺りに糸引きがあった。かなりの長さで糸が引きつれて、布に細かな皺が寄ってしまっていた。小さな糸引きなら基本は四千円だが、このクラスになると二万円超えだ。オーダースーツだからこの程度の出費は惜しくないだろうが、庶民なら適当に整えて見ないふりをするか、捨てて新しいのを買うところだ。実際、持ち込んだものの金額を聞いて諦める人も少なくはない。

「そうかな、ごめんね。夫が現場に入っちゃって、例の件、しばらく調べられないみたいで」

「ああ、そっか。まあ、仕事の方が大事だから仕方ないね」

当たり前の反応なのに妙に傷ついて、頷いて黙ってしまった。なぜこんな感傷的になってしまうのか、確かに今日はちょっとおかしいかもしれない。

「今日の夜、一緒にごはん食べようよ。この前弁当買った定食屋に行こう」

「うん、ありがとう。楽しみにしてる」

「良かった。じゃあ七時過ぎに来るよ」

笑みで返し、泰生は店を出て行く。少しくすんだガラス戸の向こうで小さく手を振り、帰っていった。

戻った作業場では、叔母もかけつぎの作業中だ。虫食いニットの補修は、この時季から増えてくる依頼だ。小さい穴でも、ニットは編み方や色によって補修跡が目立ちやすい。今朝持ち込まれた一枚は、ブランドもののヒョウ柄だった。

「あー、だめだわ。澪子、ちょっと頼める？」

初めての台詞に驚いて、準備の手を止める。そんなに難しい柄合わせだったのか。

「どこ？　見せて」

ひとまず平静を装い、泰生のズボンを置いて傍に行く。ただ、確かめた穴は柄と柄の隙間、特に難しくもない場所にあった。おかしい。

「叔母さん、大丈夫？」

「なんか、さっきから針がうまくつまめないのよ。目も、なんか見えづらくて」

聞いた瞬間、背筋がざわっとした。多分、だめなやつだ。

「叔母さん、今すぐ病院行こう。いやな予感がする」

「大丈夫よ、あんたはほんとに心配症なんだから。この程度、お昼ごはん食べたら治るわよ」

「だめだよ。じゃあ救急電話相談するから、行けって言われたら行ってよ」

答えを聞く間もなく、受話器を掴んで救急電話相談の番号を押す。繋がったオペレーターに状況を話すと、受診をすっ飛ばして救急車案件となった。

「なんともないって帰されたら申し訳ないし、恥ずかしいわよ」

「そんなことない。叔母さん、お願いだから私を信じて」

こんなところでだけ遠慮を発揮する叔母の手を掴み、涙目で訴える。叔母は渋々頷き、受診の準備に立ち上がろうする。その瞬間、椅子からごろりと転がり落ちた。

「足に、力が入らない」

「大丈夫だよ。今すぐ救急車が来るから、待ってて。保険証は財布の中ね？」

震える手で叔母の背をさすったあと、壁に掛かったバッグの中に財布を探す。

「今、病気は特にないんだよね？」

電話の時にも確かめたのに聞いてしまうのは、動揺しているからだろう。

「ある」

ぼそりと零された声に、慌ただしかった動きがぴたりと止まる。ゆっくり振り向くと、作業机を前に横たわる、叔母のふくよかな背が見えた。

「癌だって」

「手術は」

「受けませんって、逃げてきちゃった」

力のない声が、小さく答えた。

「一人で、どうしていいか分かんなくなって」

財布を握り締めて傍に戻り、柔らかい腕を撫でる。私がもっとしっかりしていれば、話してくれていたはずだ。

「ごめんね。私がいつまでも子供みたいだから」

いつまでも弟子として甘えてぶらさがっていたから、頼れなかったのだろう。

「違うわよ。あんたはどれだけ娘みたいでも、私の娘じゃない。どんなにあんたが懐いてくれてたとしても、越えちゃいけない一線ってのはあるのよ」

「そんなこと……じゃないよね。そっか、そうだよね」

かと言って高齢の祖母は頼りづらいだろうし、父とはあまり仲がよろしくない。父は私が内気なまま育ったのは、叔母が深く関わったせいだと信じ込んでいるのだ。

「でも私は、家族は叔母さんだけだと思ってる。ほんとの娘じゃなくても、娘だよ」

滲むものを拭い、叔母の手を取って祈るように握る。どうか、助かりますように。どうか。

遠くで聞こえ始めたサイレンの音に体を起こし、気持ちを整えるように深呼吸をした。

救急外来に着くやいなや、叔母は違う担架に乗せ替えられて運ばれていった。私は一旦待合室に腰を落ち着け、思い出して泰生にメールを打つ。今晩の約束は、とてもではないが守れそうにない。すぐ届いた返信に再度メールを返した時、カルテを手にした看護師が現れる。

背にはりつく障りを見ないようにしながら、叔母本人に代わって状況を説明した。

それから十分ほどで姿を現した泰生は、どうしても震えてしまう私の手を握り締めて話を聞き終える。叔母はまだ検査中で病名は定かではないが、あの感じからして脳だろう。間に合ったことを祈るしかない。

「ごめんね、仕事中なのに」

「大丈夫だよ。おばさんは俺にとっても大事な人だし、澪ちゃんの心細さも分かるから」

痛みを宥める優しい笑みで、泰生は私を労る。不安で落ち着かない胸が少しずつ安堵を取り戻していくのが分かった。

「ありがとう、来てくれて良かった。しっかりしないとって思ってても、やっぱり不安で。このまま、あと何時間待たされるのかも分からないし」

はっきり聞くのは怖いが、このままの状態も苦しい。せめて可能性だけでも聞けたらいいのに、と処置室へ向けた視線の先を数人のスーツが横切り、一人が足を止めた。

「お前なんで、あっ、ちょっ、泣くな！」

視線が合った途端、堰を切ったように溢れ出した涙に、真志は明らかに慌てる。急いで顔を覆った向こうで、誰かに詫びる声が聞こえた。

で、と泰生の反対隣にどさりと座る音がする。

「何があった」

不機嫌そうな声に手の内から濡れた顔を上げ、胸を治めるために洟を啜る。

「泣いてて話せないので、私が」

「うるせえ、黙ってろ」

反対から口を挟んだ泰生の心遣いを一蹴し、真志は脚を組んだ。あまりの柄の悪さに思わず涙が引っ込み、胸が正常を取り戻す。

「叔母さんが急に、針がつまみにくい、目が見えづらいって言い出したの。いやな予感がして救急相談に電話したら、すぐ救急車を送ってくれた。救急車を待つ間に、改めてほかに病気がないか聞いたら……隠してたの。癌だって」

やっぱり、悪いところがあったのだ。だからあんなことを言ったのに、深く追及しないまま流してしまった。あの時もっと突っ込んで聞いて、病院に連れてきていれば。

「今はまだ、検査中か」

「うん。とりあえず運び込んだ方の症状を中心に検査するって。まだ何も教えてもらえないけど、あの感じは脳じゃないかな」

そうか、と短く答えたあと、真志は長い息を吐く。

「悪い、今はどうしても無理だ」

「大丈夫だよ、分かってる。だから連絡もしなかったの」

こうなるのが分かっていたから、傷つかないように先回りをした。真志はポケットから携帯を取り出して確かめ、舌打ちをする。

「ごめんね、引き止めて。人を待たせてるんでしょ、もう行って」

促した私に、腰を上げた。

「メッセージは読めるから送れ」

「分かった」

落とした視界から、少しずつ真志が消えていく。分かっている、いつものことだ。ただ目に見える分、いつもより少しつらいだけで。

「大丈夫だよ、澪ちゃん。俺がずっと傍にいるから」

あんな悪態にも負けず、泰生の声は相変わらず優しい。もう震えなくなった手を、滑らかな手が包むように握った。

不意に震え始めた携帯を空いた手で確かめたあと、それとなく握られていた手を引き抜く。

『指一本触らせるな』

通路の奥へ去って行く見慣れた背を見送って、溜め息をついた。


医師の診断によると叔母の症状は脳梗塞(のうこうそく)、進行収まらない癌の影響らしかった。もちろん即入院で、これからは手術を含めた総合的な治療を行うことになる。

さすがに黙っているわけにはいかない状況を、久し振りの電話で父に伝えた。

——あとのことは、こちらで対応する。お前はちゃんと自分の家庭を守りなさい。

まさか二年前から離婚するしないで揉めているなど知らない父は、いつもの調子で真志のことだけ気遣った。

一日店に戻って心配した近所の人達に対応し、気もそぞろに仕事を終えたあと、今日は一人だと分かっている家へ帰った。

しんと静まり返った部屋のダイニングテーブルに着き、誰もいない向かいを眺める。

「もしいるなら、出てきて。覚えてることだけでいいから、教えて欲しいの」

呼び掛けた声は、少し掠れていた。自分から呼び出そうとするなんて、疲れているのだろう。でも今は、どうしても聞いてみたいことがあった。

「『わたしといっしょ』なのは、今も同じなのかな。あなたもこんな風に、一番傍にいて欲しい夜に一人だった？　あなたも、その度に後悔した？」

溢れ出す涙を抑えきれず、しゃくりあげる。

別に、燃え上がるような恋ではなかった。ただ少しずつ滲むように気持ちが深い方へと進んでいって、今はもうどうしていいのか分からない場所にいる。見上げてももう、光が見えない。

ふと揺らぎ始めた空気に、洟を啜りながら視線を上げる。今日はちゃんと首から下も繋がっているし、優しい造作の顔はどこにも、殴られた痕は見えなかった。

呼び掛けようとした私に、女性は寂しげな笑みを浮かべる。

「早く、見つけて」

「あなたの遺体を？　どこにあるの？」

慌てて聞き返したが、女性は頭を緩く横に振って消えていく。

「違うってこと？　それとも、分からないの？」

続けてももう答えはなく、部屋はまた私だけになった。

乗り出していた体を落ち着けて、溜め息をつく。今回は「早く見つけて」だが、以前は「早く捕まえて、殺して」だった。

単純に考えれば、「自分を殺した犯人を捕まえて、自分の遺体を見つけて」になるだろう。妙な一致を見せる死に方をした三人もしくは四人の共通点を探れば、答えは出るはずだ。誰が、彼女を殺したのか。

「あ、名前聞くの忘れた」

会話に集中しすぎて、大事なことを忘れていた。大体いつも詰めが甘い。顔を覆い深々と溜め息をついた時、ユキエ、と背後で声がした。

思わず振り向いたが、もう姿はない。

「ユキエさんね、ありがとう。何ができるのか分からないけど、あなたの苦しみが少しでも和らぐように、私にできることをするよ」

苦しみの中で一方的に奪われた命を、このままにはしておけない。普通の人にない力を持って生まれた理由は分からないが、私にしかできないことはまだあるはずだ。

少しだけ気力を取り戻した胸を押さえ、携帯を取り出す。真志に、叔母の病状と今後は実家が引き継ぐこと、亡くなった女性の名前がユキエであることを綴(つづ)って送った。

どうか、無事に帰ってきますように。

十年間、送り出す朝に、帰ってこない夜に、繰り返す祈りだ。無事であればそれだけでいいはずなのに、欲は尽きない。どうしてまだ、こんなに揺れてしまうのか。自由より窮屈を、今更なぜ求めるのだろう。

諦めて腰を上げた時、携帯が短い音を鳴らす。

『分かった　メシ食って寝ろ』

返信に、携帯を握り締めて長い息を吐く。ひとまず、カップ麺を啜ることにした。

四、今は幸せみたいに言うんだね

臨時ではあるが、店はしばらく私が店主を務めることになった。心配だった常連客の反応は、皆一様に「斎木さんのことは心配だけど、澪子ちゃんに任せられてほっとしてるんじゃない？」だったから、悪くはないだろう。仕事は元々速い方だし、曼荼羅(まんだら)のような大きな案件も今はない。叔母(おば)の仕事を抱えても、目一杯かけつぎできるのが楽しいくらいで作業に問題はなかった。

とはいえ、経理関係は本当に苦手だ。私は一応個人事業主で青色申告しているが、よく分からなくて家事按分(あんぶん)すらしていない。当然、店の経理なんて全く分からない。

「もーいやだ、なんでこんなに面倒くさいの」

作業場の座卓に広げた帳簿は店のものと、私のものだ。働き方の変わった先月からの処理をどうすればいいのか分からなくて、瀕死になっていた。

「業務委託はいろいろ大変だもんね。でもまあ、それで大丈夫だと思うよ」

向かいで笑う泰生は、涙目になっている私に的確なアドバイスを与えてくれた救い主だ。

叔母の様子を見に三連休を利用して来てくれたのを、思わず引っ摑まえてしまった。

「店を持つって、こんなに大変なんだね」

自宅で仕事を請け負う前にも手続きはあったが、やはり店という箱物があるかないかで随分違う。

「澪ちゃんも一応、店長でしょ」

「まあそうだけど、私は家で仕事できるようにしたかっただけだからね。規則正しい生活が難しそうだったから」

刑事は電話一本で突然出て行くことはもちろん、昼間に帰ってくることもある仕事だ。合わせるには、私の働き方を変えるしかなかった。

「離婚の話は進んでる？」

「ううん。そもそも、帰ってこないし」

叔母が倒れたあの日から約三週間、真志とは顔を合わせていない。きっと別宅には帰っているのだろう。一人でいたい期間だ。あれから、メッセージを送っても返信はない。

「おばさん、自分の体のことより心配してたよ。『私に何かあったら澪子をよろしくね』って」

「またそんな気弱なこと言って」

一昨日終えた手術で、ひとまず摘出できる病巣は全て切除された。もうほかに転移はないと、今は信じるしかない状態だ。

私は店の営業時間を一時間短縮して、手術前から叔母のところへ通っている。手を握ってずっと祈っていると、体が楽になるらしい。不思議そうな叔母に打ち明けるつもりはないが、私の力のせいだろう。きっと、一般的な癌患者よりかなり良い予後を辿るはずだ。今はなんとなく、お祓いを頼みに行った寺の住職に叱責された理由も分かる気がする。それでも、生き方を変えるつもりはなかった。

「よし、ひとまずはこれでいいかな。無事に書けたよ、ありがとう。すごいね、経理までできるなんて」

「一通りは頭に入れておいた方が仕事が楽になるからね」

余裕の笑みを浮かべる泰生に感心して、帳簿を閉じる。思い切り懐事情がバレてしまったが、致し方ない。それでも今年は、先月曼荼羅を納品したから最大瞬間風速が出た。来年の税金が怖い。あの住職が、また大きな仕事をくれないだろうか。

「お茶淹れるよ。コーヒーと紅茶、どっちがいい？」

腰を上げながら尋ねた私に、泰生は頷く。

「あの紅茶、まだある？　粉末で甘いレモンティーの」

「あるよ。叔母さんの大好物だから」

私が淹れる時はティーバッグだが、叔母一人だと常にそれだ。手軽でおいしいのはいいが、カロリーが高い。座り仕事でずっと飲み続けていれば、太ってしまうのは仕方ないだろう。

台所へ向かい、食器棚からマグカップと紅茶の袋を取り出す。以前は缶だったが、いつからか袋になっていた。でも、懐かしい味はずっと変わらない。

「ここ入るの、久し振りだな。天井、こんなに低かったっけ」

「ほんとだ。泰生くん、大きくなったね」

台所はなぜか作業場より少し天井が低いから、成人男性が入るだけで圧迫感を抱く。

「もう三十五だよ。大きくなるピークはとっくに過ぎて、緩やかに衰え始めてる」

「確かにね。若い頃は夜遅くまで作業するほど針が乗って、気づいたら朝なんてしょっちゅうあった。でも今はもう、徹夜したら次の日がきつい」

電気ケトルに水を入れながら、隣を見上げる。叔母は私より背が低いから、全く違う。

「俺ももう、徹夜はだめだな。会議の資料を一晩で頭に入れるのができなくなって不便だ」

「それは、私には最初から無理だね。座ってする勉強、昔から苦手だもん」

「保健室のカーテン、かけつぎしてたもんね。先生が感動してた」

「あったねえ」

呼び起こされた思い出に笑い、ケトルのスイッチを入れた。

――好きなこととそれができる力が両方あるのは、本当にすごいことだよ。かけつぎがしたいことなら、これからも諦めずに続けたらいいと思う。

私を普通の子供にしようとする大人が多い中で、保健室の先生は数少ない理解者だった。私が保健室なら登校できたのも、先生がいてくれたからだろう。

「澪ちゃんは、小さい時も『かけつぎのひとになる』って言ってたし、卒業文集も『夢はかけつぎの職人です』だった。ずっと一貫してたよね」

「そうだね。でも泰生くんの夢も『ロボットつくるひと』だったから、そう遠くはないんじゃないの？」

「ま、機械の設計をしてるとこは一緒かな」

マグカップに紅茶の粉末を入れながら、ふと真志はどうだったのだろうと思い出す。刑事になったのが伯父への贖罪なら、自分の夢はどこへいったのか。

「ロボットを作る人になって澪ちゃんと結婚して幸せに暮らすのが、あの頃の夢だった。厳密に言えば、一個も叶ってないね」

今の暮らしは、幸せでは……まあ、そうか。泰生には私にとっての叔母のような救いもないのかもしれない。近くに心を許せる相手がいないのは、つらいだろう。あのまま一緒に育っていたら。考えても仕方のない「たらればを」思い浮かべて、溜め息をつく。

「澪ちゃんは暁子ちゃんと違って、胸を抉ってくるような言葉は投げないけど」

黙って二人分の準備を終えた私を、泰生は苦笑で見下ろす。

「優しいから、全部顔に出るんだよ」

また、何か喋ったのか。頬を押さえた私を、覆い被さるように隣の腕が抱き締める。驚いて引いた体を逃さず、力を込めた。

「ごめん。ちょっとだけ、甘えさせて」

切実に響く声に何も返せず、黙って腕の中に収まる。

「俺も、あのままずっと一緒にいたかったよ」

苦しげな願いに目を閉じ、狭い台所に響く湯の沸き立つ音を聞いた。

疲れが限界まで溜まると本能が働くと聞いたことがあるが、それは真実かもしれない。

捜査の疲れと障りで限界を迎えたらしい真志が目をギラつかせながら現れたのは、泰生が店を出て十分もしない頃だった。

「仙羽か」

洗い終えた二つのマグカップを目敏(めざと)く見つけ、真志は台所から戻ってくる。

「叔母さんの様子を見がてら、私がうまく店を回せてるか顔を出してくれたの。帳簿関係が分からなかったから、助かったよ」

目の前にどさりと座り込んだ背に、作業の手を止めてルーペを外す。確かに障りは溜まっているが、ここ最近では長持ちした方だ。あのミサンガに一定の効果があったと見ていいだろう。

背に触れてしばらく、いつものように障りが消える。ふう、と一息ついて手を払った。

このところ真志に加えて叔母にも力を使っているせいか、時折世界が揺らぐような心地がする。ユキエの姿が鮮明に見えるようになったのも、「そちら」に引っ張られているからかもしれない。だからといって、やめるつもりはないが。

「いいんじゃないかな、消えたよ」

「悪いな、助かった」

障りを消し終えて声を掛けると、真志は向き直りながら解放された首や肩を回した。

「叔母さんの調子はどうだ」

「とりあえず、癌は全部取りきったみたいだけどね。あとはもう転移してないことを祈るのみだよ」

そうか、と答えて眼鏡を外し、眉間(みけん)を揉(も)む。でもやっぱり、人相の悪さは直っていなかった。目つきが悪すぎる。

「ちょっと来て、あまりにも目つきが悪すぎる」

膝(ひざ)を叩(たた)くと真志は鼻で笑い、ごろりと枕にした。目の上に手を重ねてそっと置き、叔母の時と同じように祈る。少し冷えていた肌が、私の熱でゆっくりと解(ほぐ)れていくのが分かった。

「寝てもいいか」

「仕事は？」

「今日は終わりで明日(あした)は非番」

「そっか。じゃあどうぞ、寝たら適当に転がして仕事するから」

非番なんて言葉、久し振りに聞いた。私にそれを言うのだから、明日は家にいる都合なのだろう。私も、明日明後日(あさって)は久し振りの休みを取った。休まないと、叔母に叱られるから仕方ない。

「澪子」

「何？」

あくび交じりの声に尋ね返したあと、少しの間が空く。寝てしまったのか。

「ついててやれなくて、悪かった」

やがて聞こえた眠たげな声に、思わず手が揺れる。うん、と掠れた返事は届いたかどうか、聞こえ始めた穏やかな寝息に肩で大きく息をした。


仕事を終えたあと、普段の目つきを取り戻した真志を連れて叔母の見舞いに行った。今日の叔母は管に繋がれながらも肌は色艶良く、瞳も生気に満ちていた。医者には驚異の回復ぶりだと驚かれたらしい。安堵して今日も手を握り、いつものように心から回復を祈った。

真志は追及しなかったが、私が何をしているかは気づいていたのだろう。病院を出ると「疲れただろ」と言って、夕飯を牛丼のテイクアウトに決めた。

てっきり捜査以外のことは何もしていないかと思っていたが、捜査の息抜きに四年前の釜茹で事件と二年前の事故について調べていたらしい。捜査の息抜きに捜査をするなんて、凡人には理解できない頭の休め方だ。

「釜茹で事件は、私もネットで調べてみたよ。未解決事件だから、オカルト系のサイトでも取り上げられてた。まあ、どこまで事実かは分からないけど、いくつかのサイトで共通してたことだけ報告するね」

一緒に買ってきたしじみ汁のカップに湯を注ぎ、一つを向かいに差し出す。牛丼の蓋を外して、ひとまず先に手を合わせた。

「被害者は、某県に住む六十代のＡさんで、三十代の息子と二人暮らし。定年退職後に、個人で民俗資料館を経営していた。定年退職と同時に離婚したが、資料館建設を理由に妻への財産分与を拒んだことから息子との関係が悪化。警察はこれを理由に息子の関与を疑った」

「もう違う」

事件の核心には遠い部分で、早速の訂正が入った。ファイルから視線を移し、トッピングのキムチと共に牛丼を頬張る姿を眺める。

「どこが？」

「財産分与は、『妻が』資料館建設を理由に拒否したんだよ。実家が金持ちで十分食っていけるからってな。合わなくて離婚はするけど夫の長年の夢を潰すような真似はしたくないって、微々たる慰謝料で手を打ってる」

「その妻、ユキエさん？」

「気が早えな。違う名前だった」

近しい雰囲気を感じて思わず尋ねてしまったが、そういえばユキエは三十前後に見えた。年の差婚にもほどがある。間違っていたところへ赤ペンで線を引き、箸に持ち替えた。トッピングのねぎをこんもりと載せたあと、しばらく食べる方に集中する。

「じゃあ、なんで息子さんが疑われたの？」

半分ほど食べた辺りで一息つくと、真志はもう食べ終えていた。刑事の性なのか、食べるのが異常に速くていつものことながら足並みが揃わない。

「シンプルに、ほかに可能性のある奴がいなかったからだよ。現場はど田舎で、その家なり民俗資料館なりに行く目的じゃないと通らねえ道のどん詰まりにある。でも考えられる時間帯に近くを走っていた車は確認できず、雨のあとで泥濘(ぬかる)んでいるにもかかわらずタイヤ痕(こん)も足跡もなかった。それに、被害者は認知症で息子が一人で介護してる状況でな。幻覚と幻聴がひどくなってからは資料館も閉館で、負債だけが残ってる状態だった」

　確かにその状況なら、息子を疑ってしまうのも仕方ないのかもしれない。普通の殺人は、人によって為(な)されるものだ。

「じゃあ、続きね。事件は深夜から明け方の間に起き、翌朝、朝食の支度を終え探しに行った息子によって発見された。現場は資料館の一階右奥、農村部の生活を紹介するブースだった。生活用具の一つである釜の中にあった凄惨(せいさん)な姿、の話は今はちょっと省くけど、この前の事件を上回る悲惨さだよね。そこはユキエさんの姿とも合致するよ。で、その殺し方をするには証拠不十分だったから釈放されたって書いてあった」

「なんでそこはそんな杜撰(ずさん)なんだよ」

「だってメインは捜査の話じゃなくて、オカルト解釈だったんだもん」

　苦笑で麦茶を傾ける真志に口を尖(とが)らせ、残りの牛丼を平らげていく。きれいに食べ終えて手を合わせ、私も麦茶で一息ついた。

「九月の事件と二年前の事故では、風呂(ふろ)に落ちる前には生きてた。釜茹で事件の被害者も、生きてるうちに切断されて、湯に投げ込まれてる」

食後まで待ってくれたらしいが、決して好ましい内容ではない。

「死んでからと生きてる時では、違うんだよね」

「聞きたくねえだろうから省くけど、そういうことだ。ただ、切断するからには場所が必要だろ。でも切断に使ったと断定できる場所も血痕もなし、拘束痕らしきものも一切なかった。要は、生きてるうちに無抵抗な被害者を釜の上で切り刻んだとしか考えられねえ状況だったらしい」

真志は麦茶を飲み干したグラスを置き、一息つく。

「あと、ほかの事件と同様に、首吊り紐が垂れ下がってた。本人の指紋つきのな」

一番の共通点に、じっと真志を見つめる。

「被害者の共通点は、今探してるとこだ。今のところは、なんの関連性もねえようには見えるけどな。でも同じ死に方してんだ。相手が人間だろうが幽霊だろうが、どっかに繋がりがあるはずなんだよ」

「みんなどこかでユキエさんに出会ってて、いじめてたとか?」

控えめに尋ねた私に、真志は頷いた。

「可能性はないわけじゃねえだろうな。ユキエがたとえば転勤族の娘なら、あちこちで暮らしてても不思議じゃねえ。ただ」

私の意見を認めながらも、冷ややかに見つめる。夫ではなく、刑事の顔だった。

「ユキエが『恨む相手に似てる』だのなんだの、勝手な理屈つけて理不尽に無実の人間を殺してる可能性だってあるんだ」

「でも」

反射的に言い返すと、視線を鋭くした。

「お前のどっかが似てたとしても、同じじゃねえ。そいつの苦しみがお前のもんになることはねえんだ。肩入れしすぎるな」

至極まともな意見ではあるが、すんなりと受け入れるには抵抗があった。私にとっては、唯一この寂しさを分かってくれる存在かもしれないのに。

「それで、オカルト解釈はどうだったんだ」

黙って俯いた私に、真志は話の矛先を変える。小さく頷いて、ファイルの続きへ視線をやった。

「一つ目で有力なのは、落ち武者の報復説。あの辺は昔、落ち武者狩りが盛んだったんだって。そのせいで昔狩られた落ち武者の霊が彷徨っていて、子孫である被害者が呪われて殺されたのではって説」

「そうだとして、なんで六十過ぎるまで待ってたんだ」

「なんでだろう。夢を叶えたあとに殺したかったとか？」

「次」

真志は、うんざりしたような表情で手を払う。

「二つ目は、呪いの鬼女面説。あの民俗資料館を訪れた人達のブログ写真をチェックした人が、事件後にこっそり見に行って、飾られてたはずの鬼女面がなくなってることに気づいたんだって。その鬼女面が呪いの面で、取り憑かれて殺されて、またどっかに消えたのではって説」

「不法侵入じゃねえか。まともな奴いねえのかよ、次」

今度は、眉間の皺を深くして手を払った。

「三つ目は、古民具呪われてる説。さっきの話と似てるけど、アンティークとかって前の持ち主の念みたいなものがまとわりついてることがあるんだって。で、被害者もたくさん古民具集めてたから、そのどれかに持ち主の念がまとわりついててその影響を受けたんじゃないかって説」

「アンティークが呪われてるってのは、高い宝石や価値のあるものに執着が残ってるって話だろ？　今でこそ貴重になってるかもしれねえけど、その時代の農家ならどこにでもあったような鍬や鋤にそんな思い入れあるか？　次」

不快そうに答えて腕を組み、姿勢悪く椅子に凭れる。もう何も期待していないようだったし、正直私もこの三つで終わらせてもいいと思っている。

「最後は、霊視による前世の行い説なんだけど」

「却下」

分かりきっていた答えを聞き遂げて、オカルト解釈の報告を終えた。

真志は眼鏡を外して眉間を揉み、深々と溜め息をつく。まあ、その気持ちは分からないでもない。

「お前も、その手の感覚が分かるんだろ。なんかねえのか」

「分かんないよ。気配を感じたり見たりするようになったの、初めてだし。ユキエさんにはやっと慣れてきたけど、ほかの幽霊は普通に怖いよ。見えなくていい」

「まあお前、見えるようになったら死ぬまで外に出そうにねえしな」

「二度と出ない」

言い切った私に笑い、真志は再び眼鏡を掛ける。

「二年前、給湯システムの事故にされた一件は、五十代の男だ。隣の県出身で、親の死を切っ掛けに勤めてた店を辞めてUターン。料理人だったから、実家を改築して民泊を経営してたらしい。安いし料理が旨いって高評価がある一方で、設備管理が杜撰で衛生面にも問題がある、気に入った女性客に手を出すって悪評があってな。そのうちの一人に訴えられて、強制わいせつでしょっぴかれてた。初犯だったのと示談が成立したのとで執行猶予で出てきたあとは、宿を閉めて誰とも会わずに引きこもってたらしい。事故は、その一ヶ月後だった。今は取り壊されて駐車場になってる」

初犯、か。なんとなく引っ掛からないでもないが、結びつけるのは性急すぎる。

「首吊りの紐が準備されてたのは、状況が状況だけに誰も驚かなかったみてえだな」

「そういう背後があったんなら、まあそうだよね」

「あと、低評価の口コミ掘り起こしたら『エロいおっさんでした』『いたるところが壊れてるのに補修してない』『風呂とトイレが汚い』に交じって『女性の幽霊が出ました』があったわ」

多分、ユキエだろう。一体、何年前から恨みを果たすべく彷徨っているのか。

「ちょっとずつ時期がずれてるから、やっぱり順番に殺していったってことだよね。その人を殺したいほど恨んでるって考えたら……そういうことなのかな」

「『本当に初犯なのか』は、本人しか知らねえからな。でも可能性の一つでしかねえんだ。固まるまでは決めつけるな」

浮かんだ不穏な考えを、真志はまた「可能性」で片付ける。決めつけてしまうのが良くないのは分かるが、いろいろなものがふわふわしていて落ち着かない。

「可能性の話ばっかりで、落ち着かなくてイライラしない？」

「するから距離取ってんだよ。俺が毎日イライラして不機嫌だったら、お前メンタルやられるだろ。俺もオンオフをきっちり切り替えられるほど器用じゃねえしな」

「そうやって、ちゃんと言ってれば良かったと思わない？」

初めて耳にした理由に、牛丼の容器をまとめながら不満を口にする。十年経って離婚話が出てから言い訳されて、「そうだよね」で済むと思ったのか。

「別居婚前提だったら結婚してたか」

「してない」

「結婚してすぐ『別々に暮らそう』って言って納得してたか」

「してないけど」

答える度に眉間の皺が深くなっているのが、自分でも分かる。

「だからって『通帳見りゃ分かるだろ』は、あまりに杜撰では？」

「一緒に暮らせないって言えねえんだから、仕方ねえだろ」

それで十年間、障りを消す時くらいしか会いに来なかった。結婚前に真志は全部分かっていたのに、私は。

「明日、日帰りだけど出掛けるぞ」

突然告げられた予定に、弾かれたように顔を上げる。

「どこに？」

「釜茄で事件の現場だ。息子に話を聞きに行く」

仕事か。一息ついて全ての容器を抱え、席を立つ。今はもう、顔を合わせていたくない。

「仕事中には行けねえだろ。しかもよその管轄の事件を掘り返すんだぞ」

「一人で行けばいいじゃない。私は、泰生くんと叔母さんのお見舞いに行くから」

冷たい水を細く出し、容器の汚れを流しながら手を冷やす。これまで真志がしてきたことを考えれば、これくらい言ったっていいはずだ。

赤くなるほど冷えた手の水を払い、洗い終えた容器をごみ箱へ落とす。振り向いた場所にはもう、真志の姿はなくなっていた。

翌朝早くに、真志は出掛けたらしい。昨日の夜は、背を向けたら手を伸ばすこともなく黙って眠った。大人気ないことをしたのは分かっている。

「澪ちゃん、大丈夫？」

「ああ、うん」

運転席から尋ねる泰生に、窓外から視線を移す。

「それで、どこ行くの？」

「最初のとこは、ちょっとしんどいかもしれない。そのあと気晴らし。それからおばさんのお見舞いに行こう」

全くその予定はなかったのに、本当になってしまった。

「しんどいの、聞いときたいんだけど」

不安で窺う私を一瞥して、泰生は頷く。黄色信号に、車を減速させて停めた。

「その様子だと、折辺さんからは聞いてないみたいだね」

「何？」

「事件があったあの家、俺が買ったんだよ」

え、と驚いて泰生を見つめる。今日の泰生は、質の良い丸首のニットを着ていた。仕事柄、見るだけで素材と値段が分かる。これも、高いものを買って長く着ているのだろう。

「給湯システムだけを売ってもらうって方法もあったけどね。でも幽霊が人を殺す家を、それと知ってて黙って流通させるのはいやだった。幸い、俺は連鎖を止められるだけの資金を持ってたし。取り壊して更地にするよ」

「私、このまま放置されたのちに空き家条例に引っ掛かって取り壊されて終わりかなって思ってた」

売りに出したところで、二人釜茹でになったような事故物件がまともに売れるはずもない。どうにもならなくなるまで放置され、廃屋化して心霊スポット扱いされてからの解体になると予想していた。

「たまたま、ご主人の両親が売りたがってるって耳に挟んでね。話をしたらすぐに了承してくれて、売ってもらったんだ。ご両親は、自宅も売ってここを離れるらしい」

「そうするしかないよね。殺したのは息子さんじゃないです、息子さんもお嫁さんも幽霊に殺されたんですって教えたところで、少しも救われない。それが真実でも」

世間的には「夫が妻を殺して罪がバレそうになったため自殺した」で固定された事件だ。真実をもってしても、現実が覆ることはないだろう。

「ありがとう、泰生くん。私には絶対無理だったね」

「礼を言われるようなことじゃないよ。澪ちゃんの力じゃないけど、俺も自分の持つものを使って自分にできることをしただけだから。いい使い方をしたと思ってるよ」

「やめてよ。私の力なんて微々たるものなのに」

「それ、本気で言ってる?」

苦笑した私に、泰生は驚いた表情を浮かべた。そんな、驚くようなことなのか。

信号が青に変わるのを待って、泰生は静かに車を出す。レンタカーはコンパクトなセダンで、泰生らしい堅実さだ。自分の車も似たようなものらしい。

「澪ちゃんのその力は、どれだけ金を積んでも手に入らない類のものでしょ。気弱で誰にも言わないのが結果として身を守ってるけど、もし周りに話してたらとんでもないことになってたかもしれないんだよ」

「そうなんだ。あんまり、そんな風に考えたことなかった」

ずっと一緒に育ってきたからかもしれない。それに除霊ができるわけでも、病気を一瞬で癒やせるわけでもない。障りが消せて、ほんのちょっと治癒を進められるだけなのに。

「澪ちゃんがその調子だから、大人になった今も同じ純度で使えてるんじゃないかな。そりゃあ、閉じ込めて純粋培養し続けたくもなるよね」

少し皮肉っぽく聞こえた声に、視線をやる。今日は眼鏡のない横顔が、急に他人のように見えた。

「人間の一番汚いとこを見る仕事してるから、きれいなものを傍に置きたくなるんだよ。それで自分がきれいになるわけでも」

「やめて」

短く遮り、膝のバッグを握り締める。ざわつく胸に浅くなる息を整えた。

「悪口も好きじゃないけど、泰生くんがそんな風に言うのはもっと聞きたくない。ごめん」

きつく響いてしまった言葉に、気まずく詫びを付け加える。

「いいよ、ごめん。澪ちゃん、苦手だもんね」

泰生はすぐに許して、長い息を吐く。車は、県道から新興住宅地へと入る角を曲がった。

「澪ちゃんの傍にいたら、きっと穏やかに暮らせるんだろうな」

独り言のような力のない声に、犇めき合う家の群れから視線を落とした。

既に泰生の名義へと変わったらしい家の前に立ち、深呼吸をする。黒い瓦の大屋根に、白い漆喰の壁。剪定されていない垣根の山茶花は伸び放題で、歩行者の往来を妨げていた。町家のように設置された玄関前の目隠しを眺めながら、門扉を抜けて玄関へ向かう。テレビで見たあの雑多なもの達は、前庭に置かれた業者のコンテナに全て放り込まれたらしい。玄関回りはすっきりと片付いていた。

玄関ドア一つとっても建売ではなさそうな意匠は、夫婦二人で相談しつつ決めたのだろうか。泰生に続いて中へ入ると、いぶされたような木の色と漆喰の白の美しいコントラストが真っ先に迎える。でも上がり框には重いものを引きずったような筋がいくつも走り、壁にも大きな凹みがあった。もっと大切に扱えばいいのに、見る限り愛情は感じられない。

「こっちがリビングダイニングだよ」

泰生の声に続いて、玄関ホールを左へ向かう。大きな引き戸の先へ足を踏み入れると、うちの二倍はありそうな空間が広がっていた。雑然とはしているが、大きな家具が運び出されているせいか広さが目立つ。田舎の温かみよりも、モダンな印象を受ける部屋だった。

「すごい、広いね」

大屋根にあたる部分は吹き抜けになっていて、自然のうねりをそのまま残した太い梁が使われていた。

「首吊りの紐が掛かってたのはそこらしいよ」

見上げる私の傍に立ち、泰生は梁を指差す。

「でも、かなり高いよね」

見上げた場所は、三メートル近くあるだろう。

「紐の片方を向こうに投げて結べばいいんだよ。あとはハングマンズノットじゃなくても、首が絞まるように輪っかを作るだけ」

「へえ、そうなんだ」

思わず感心してしまったあと、違和感が追いつく。

「で、向こうがお風呂。といっても、システムに関連するとこは全部外して送ったから、ガワしかないけど」

奥へと向かう泰生に続き、リビングを出た。真志より広い背が、今はなんとなく澱んで見える。

「泰生くん、大丈夫?」

「何が?」

「えっと、いろいろと」

どう表現していいのか分からず、中途半端なことを言う。泰生は肩越しに振り向いてにこりと笑ったあと、答えないままバスルームへ向かった。

真志の話していたとおり、バスルームの洗い場はかなり広い。水垢と黒カビさえなければ、清潔感のある場所だっただろう。湯船の周辺からは容赦なく部品が取り除かれているのに、残念な感じはしない。

「家を大切にしてた感じがしないけど、給湯システムを壊してたってことはないの？」

「うん。何度もチェックしてるけど、やっぱり問題のあるパーツや誤作動はなかった」

念のために確かめたが、やはり物理的な原因ではないらしい。でも。

「どう？　何か感じる？」

「うーん。やっぱり、無理みたい」

ぐるりと見回してみたが、事件現場と思えばぞっとするくらいだ。感じ取ろうとしてみても、ユキエの気配は感じられない。

「ただ、ちょっと気になることがあるんだけど」

三つの事件を通して考えた時に、無視できない違いがあるのだ。

「この湯船、広いよね。二年前の事件の湯船ってどれくらいの広さだったか分かる？」

「幅約百二十センチ、奥行き約七十五センチだね。このタイプより幅が四十センチくらい小さい」

泰生は即座に答えて中へ入り、この辺からこっち、と手で示して見せた。

「四年前の釜茹で事件の釜は、大きいものだったとしても、二年前の湯船よりは当然もっと小さいよね。遺体は切り刻んであったみたいだけど、ユキエさんが器に合わせてわざわざ変えたのかな。『あ、このお風呂広いから刻まなくていいや』って判断すると思う？」

ユキエの体は切り刻まれていて、釜茹で事件の被害者も切り刻まれていた。二年前と今回の事件はそのままで湯船で……ああ、そういうことか。

「二年前と今回がお風呂だったのは、どっちの家にも釜がなかったからじゃない？」

「そうか。釜がないから、風呂を釜に見立てて茹で殺したのか」

泰生も気づいた様子で後を続け、考えるように顎をさする。

「俺、解釈違いしてたな。てっきり猟奇的に見せるために切り刻んだんだと思ってたけど、そうじゃなくて、釜に入りきるように切り刻む必要があったのか」

ちゃんと、全部煮られるように。まさかユキエは、何かの目的のために煮られたのか。

胃を突き上げる吐き気に、思わず口を覆う。

「大丈夫？　吐いていいよ」

泰生は戻ってくると、私の口元に器のようにした両手を差し出す。それに驚いて、引っ込んでしまった。

「大丈夫だった、ありがとう」

一息ついて、まだ気持ち悪さの残るみぞおちを撫でる。

「じゃあ、もう行こうか。ここにいても、これ以上の収穫はないし。いやな気分にさせてごめんね」

頷いた私の手を自然に繫ぎ、泰生はバスルームを出た。

重苦しいものを抱えたまま玄関へ戻った時、ふと気配を感じて振り向く。肌が、これまでとは違う感触に触れた。

「ああ、死んだか」「何してんの、あんたが強く殴るからよ！」「わしじゃねえわ、ヒロムだ」「もうほんと、こんなの……したら……」

切羽詰まった声を残して、会話は消えていく。今のは。

「澪ちゃん？」

「声が、会話が聞こえた。多分、ユキエさんを殺した人達のだと思う。ヒロムって名前が出てきた。それで、えっと」

ユキエが家族に憎まれていたと考えるなら、ほかの家族の会話か。やっぱり、家族に。

冷えていく体が、ふと温かいものに触れる。

「ごめんね、つらい思いさせて。もういいから、やめよう」

優しい腕の中から顔を上げると、泰生は寂しげに笑んだ。

「真実に近づくほど澪ちゃんが傷つくなら、もう知らなくていい」

「でも」

「仕事は確かに大切だし、責任者の意地みたいなものはあるよ。でも俺が辞めたって、技術屋なんていくらでもいる。澪ちゃんをぼろぼろにしてまで守るようなものじゃない」

再び腕は抱き締めて、説くように告げながら頭を撫でる。変わらない、優しい手だ。

「俺に、澪ちゃんの代わりはいないんだ。これまでも、これからも。ずっと好きだった」

熱のこもった告白に、胸に凭れたまま視線を落とす。真志と出会う前なら、きっと喜んで受け入れていたはずだ。あの頃もまだ、淡い初恋は胸にあった。

「それなら、どうしてもっと連絡してくれなかったの？　年賀状だけじゃなくて」

「年賀状に『楽しく暮らしてる』って嘘書くのが精一杯だったんだよ。『毎日死ぬことばかり考えてる』なんて、好きな人に言えるわけがない」

今度はちゃんと体を起こして、泰生を見つめる。やっぱり、そういうことだったのか。さっき抱いた違和感の理由は分かったが、少しも幸せにはなれない。薄暗い中に浮かび上がる諦めたような表情が、少しずつ滲（にじ）んでいく。

泰生は私の涙を指先で拭（ぬぐ）って、力なく笑んだ。

「その頃は単純に『澪ちゃんを泣かしちゃだめだ』としか思えなかったけど、今は分かるよ。自分のために悲しんで泣いてくれる人がいる幸せを、俺はちゃんと知ってたんだ。俺が死んだら、誰より澪ちゃんが悲しんで泣くのが分かってた。そんなの、死んでも少しも救われないだろ？　だから耐えて、生き延びた」

複雑な育ちの中で、唯一信じられる相手が私だったのだろう。私も叔母がいなければ、泰生のことしか信じていなかったはずだ。

「『大人になれば澪ちゃんと結婚できると思ってた』って言ったのは、半分本音で半分は嘘だよ。待ってて欲しかった自分は本当にそう思ってたけど、残りの半分は現実に打ちのめされるのが怖くて会うのを先延ばしにしてた」

私はちまちまとかけつぎをしながら、泰生はとっくに東京で素敵な人を見つけて幸せに暮らしているのだろうと思っていた。寂しく感じることはあったが、迎えに来て欲しいと願ったことはなかった。私しかいなかった泰生と、叔母と天職に恵まれた私に違いが生まれたのは、当然のことだろう。

「ショックだったけど、幸せになってくれるならいいと心から思ってたよ。水を差すようなことはしたくなかった。でも」

不穏な接続詞に、視線を落とす。その先は、私にだって予想できる。

「この十年、幸せに暮らしてるって噂は一度も聞いたことがなかった。聞く度に、自分が傷つけられるより傷ついたよ」

切々と響く声が胸に痛い。私が願いを叶えて幸せに暮らしていれば、いつか昇華できた思いだろう。私が幸せであれば、良かったのに。

「離婚前に手を出すのが人道にもとると思ってるのは確かだけど、今は澪ちゃんが一緒に道を踏み外してくれないかなって願うのをやめられない」

不意に近づいた顔に、思わず胸を突き放す。

「ごめんね、でも」

「謝らなくていいよ。今のは俺が悪かっただけ。ごめんね、行こう」

慌てて詫びた私に、泰生は頭を横に振って背を向ける。着信も何もない携帯をなんとなく確かめて、後に続いた。


泰生が気晴らしにと選んだのは、曼荼羅の補修を請け負ったあの古刹だった。

「紛失してた曼荼羅の片方が数十年ぶりに発見されて二枚揃ったから、一般公開されるって新聞に出てたんだ。澪ちゃん、こういうの好きそうだなって」

「好きだよ。ただその見つかった曼荼羅の方、この前まで私がお預かりしてたやつ」

打ち明けた私に、泰生は石段を上る足を止めて振り向く。

「ああそうか、澪ちゃんが補修したんだ」

「そう。二年掛かりの大仕事だったよ」

「すごいな、早く見たい」

目を細めて嬉しそうに笑う表情に、さっきの翳りは見えない。ごまかしたようで胸は痛むが、応えられない。さっきより速度が上がった気がする背を、運動不足の体で追った。

連休中日に件のニュースが相まって、境内は参道以上の賑わいだ。そのほとんどが、扉を開け放たれた本堂の周りに集中している。本堂内には入れないよう柵がされていたが、外からでも十分に荘厳な趣を感じられた。

「礼盤の右にあるのが補修した胎蔵界曼荼羅で、左にあるのが金剛界曼荼羅。合わせて両界曼荼羅って呼ばれてるんだって。対で掲げるものだから、胎蔵界曼荼羅の紛失中は金剛界曼茶羅も掲げられてなかったの」
「そうなんだ。色の差があるのは、その紛失で？」
補修者の話はあまり聞かれない方がいい気がして、少し離れたところへ引いてからもう一度眺める。
「うん。住職に任されたから、私も戻ってきた時の色味に合わせた台地を選んで補修したし
ね。紛失をなかったように消してしまうのは、なんか違う気がして」
「どうして？」
聞き返した泰生に、少し驚いて隣を見上げる。
「感覚的なものだからうまく説明できないけど、紛失してた時も曼茶羅は曼茶羅であり続け
たからというか。何事もなかったかのように戻して『これが本来のお姿です』ってなるのは、
違和感があったんだよね。泰生くんは、揃えた方が良かったと思う？」
「澪ちゃんの選択に文句があるってことじゃないけど、俺ならそうしたかな。片方だけ傷ん
でるのが分かるのは、見ててちょっとつらい。紛失ってネガティブな要素を、ずっと目に分
かる形で背負わされ続ける感じがして」
なるほど、そういう考え方もあるのか。
「仏様の表情一つとっても、悲しんでいるように見えると仰る方もあれば、微笑んでいるよ
うに見えると仰る方もあります」
背後から聞こえた声に驚いて、揃って振り向く。いつからそこにいたのか、今日は絢爛な

袈裟を身に付けた住職だった。

「耳を欹てたようで申し訳ありません。法事から戻りましたら、何やら興味深いお話が聞こえてまいりまして」

「ご無沙汰をしております。お変わりございませんか」

「はい。おかげさまで、このように法事で駆け回っております」

自分の足で石段を上ってきたのか、相変わらず痩せてはいるが健康そうで肌艶もいい。

「お久し振りですね、お元気ですか」

住職は続いて、泰生に声を掛けた。

「はい。ご無沙汰をしております」

「そっか、孝松の菩提寺はここだっけ」

「うん。ご住職にも法事の時にはいつもお世話になってるよ」

見上げた泰生は頷いて、正解を与えた。

「お二人は、ご友人でしたか」

「はい。幼なじみなんです。小学校を卒業するまでは、一緒に育ちました」

「そうでしたか。それはそれは」

住職は目元の笑い皺を深く走らせながら細かく頷き、本堂へと視線を移す。

「あのように再び対で掲げられるようになり、私共はもちろん檀家の皆様も大変喜んでいらっしゃいます。細部に至るまで丁寧に手を入れていただいて、見る度に溜め息をつくばかりです」

「そう言っていただけると、職人冥利に尽きます。私にとってもこれまでで一番大きなお仕事でしたから」

改めての言葉に、安堵と誇りを感じる。おかげで私も、職人としての自信が少しだけついた。私を信じて任せてくれた住職には、本当に感謝している。

「実はもう一つ、折辺さんの腕を見込んで個人的にお願いしたいものがあるのですが」

「ありがとうございます、どんな御品でしょう」

「代々受け継がれてきた袈裟です。私も若かりし頃は愛用していたのですが、傷みがひどくなってからは着用するのを避けております。できれば次の代にも引き継ぎたいものですので、この機会に是非と思いまして」

「承知いたしました。では、また連休明けに参りますね。お見積りや期間のご相談なども、その時に」

「はい。どうぞよろしくお願いいたします」

笑みで承諾した住職と頭を下げあって別れ、私達も帰路に就く。

「話して預かって帰れば良かったのに」

「今日は休みだし、今は泰生くんと一緒にいる時間でしょ。仕事の話は、仕事をする日にすればいいんだよ」

膝が笑う石段を下りながら、後ろを一瞥する。ありがたくても、それはそれ、これはこれだ。泰生を放置してする話ではない。

「で、次は叔母さんのとこ?」

「いや、その前にもう一軒。三十半ばの男一人で行くにはつらいカフェで、パフェを食べさせて欲しい」

「いいよ、行こう」

かわいらしい願いを受け入れて、穏やかな陽射しの中を下っていく。紅葉の始まった枝の重なりを眺め、残り少なくなった今年に妙な焦燥感を抱いた。


『メシ行くから帰ってこい』『いやです』『焼肉行くから帰ってこい』『やだ』『帰ってこい』

何を返しても揺るがなそうな返信に、夕食の誘いを断って家に帰ったのは六時を過ぎた頃だった。

「ごはんくらい、一人で食べればいいじゃない。準備して待ってる時は散々すっぽかしてきたくせに、私のは許さないって勝手すぎない?」

戸口で待つ真志に収まらない腹立たしさをぶつけつつ、ワンピースを脱ぐ。焼肉を食べに行くなら、小汚い恰好(かっこう)で十分だ。冷えた空気に粟立(あわだ)つスリップの腕をさすり、クローゼットへ向かう。脱いだストッキングを丸めて、洗濯用のカゴに投げ込んだ。

「俺のは仕事だ」

「仕事っていう名の浮気でしょ」

「仕事だ」

頑なに言い張る真志に、肩で大きく息をする。ジーンズを手に取ったあと、気づいて振り向いた。

「着替えるから出てて」

「いいだろ、別に。見られて困るもんでもついてんのか」

「背中に観音様でも彫ってもらえばいいかもね」

まあ実際には、怖くて無理だろう。入れ墨は図案だけ見れば美しいとは思うが、痛いのは苦手だ。

「何？」

黙った真志に眉を顰めると、笑って部屋を出て行った。

スリップを脱いで、手早く着替えを済ます。編み上げていた髪を解いて少し高い位置で結び直し、鏡で襟足を確かめた。

――見られて困るもんでもついてんのか。

今頃思い当たって、首筋を撫でる。自分がしているから、私もしていると思うのだろうか。

「一緒にしないで」

ぼそりと呟いて溜め息をつき、リビングへ向かった。

真志は生ビールのジョッキを半分まで減らしたあと、で、と私に鋭い視線を向ける。

「今日はどこに行ってたんだ」

「事件があった家と寺とカフェと病院。あの家、泰生くんが買ったんだってね」

タンをひっくり返しながら窺うと真志は頷いて、皿で箸を揃えた。

「現場も一通り見せてもらったけど、特に気配は感じなかった。ただ、帰る時に男女の会話が聞こえてきたの。『死んでしまった』『あんたが強く殴るから』『自分じゃない、ヒロムだ』みたいな会話だった。多分ユキエさんの家族だと思う。兄弟にヒロムって名前の人がいるのかも」

「今調べてる中にはいねえな。ちょっと枠広げて当たってみるわ」

焼き上がったタンを真志の前に置くと、箸がまとめてつまむ。

「あとね、三つの事件を通して考えたんだけど、最初の事件以外が湯船だったのは釜がなかったからじゃないかなって。その辺をいろいろ考えたら、釜茹で事件で遺体があの状態だったのは、猟奇的に見せるためじゃなくて」

「釜に全部入れる必要があったってことか」

うん、と答え、縁に置いていたカルビを中央へ移動させる。脂の弾ける音がして、煙が立ち上った。炭と肉の焼ける香りが辺りを包む。

「私が聞いた会話と併せて考えると、ユキエさんは暴行で殺されたあと証拠隠滅するためにああいう形で、ってことになるんじゃないかな」

思い浮かべないように注意しながら、最後のタンを真志の前に並べた。

「そっちはどうだった？」

「さすがに刑事のツラじゃ聞けねえから、雑誌記者のふりで『取材』してきた。容疑が晴れたとはいえ、恨まれてんのは分かってるからな。当時の仕事はクビになって、今は日銭稼いで暮らしてた。資料館は廃墟と化してたわ」

真志は難なくタンを平らげて、ジョッキを傾ける。

「息子は父親の趣味には無関心だったらしい。ただ、相談もなく家の隣に資料館を建てられたことには腹が立ったと言ってた」

「相談せずに建てたの？」

「ま、俺の土地に俺が何建てようが勝手だって理屈だろ」

カルビを裏返してスペースを作り、ロースを新たに並べていく。鮮やかな赤と白のコントラストは、すぐに弱まった。落ちた脂に、炭火が炎を起こす。じゅわじゅわと脂が溶けていく音がした。

「息子さんも、出て行けば良かったのにね」

「その予定で準備してたらしいけど、被害者が認知症になって諦めたらしい。認知症になってからは扱いやすくなったって言ってたしな。『幽霊が見えるって怯えるだけだから楽になりました』って」

食べ頃になったカルビをつまむ箸が止まる。真志は頷いて、ジョッキを空けた。

「九月の事件でも、『幽霊が出る、声が聞こえるって妻が言うようになって、病院に連れて行ったら病名がついた』って夫は証言した。民泊経営してた男も、なんか見えて怯えて引きこもってたのかもな」

「普通の」夫婦や家庭なら、それが第一選択になるのだろう。最初から「お祓いに行こう！」と言い出すよりは、常識的で現実的だ。

今も真志の肩の辺りで薄く蠢く障りを眺めて、改めてカルビをその前に置いた。

「被害者達とユキエさんの関係性は？」

「今んとこ、被害者達の経歴に共通点はねえ。それこそ『ユキエが転々とした先で、トラブル起こした相手だった』ってのが最有力になるくらいだ」

でもそうなると、ユキエの身元が分からない限りは難しい。

「進んだような、進んでないようなだね。これ、本当に解決するのかな」

「捜査なんてそんなもんだ。お前も焼いてねえで食え」

「こんな話しながら焼肉は無理だよ。さっき冷麺頼んだ」

苦笑して箸を置き、落ち着かないみぞおちにウーロン茶を流し込む。

「なら、話戻せよ。家行って、次は寺か」

それはそれで心地よい会話にはならないだろうが、致し方ない。

「そう。数十年ぶりに一般公開されてる曼荼羅を見に行ってたの。紛失してた曼荼羅の一つが見つかって、この度補修も済んだからって。まあ補修したの、私なんだけど」

真志はカルビをタレに浸しながら、少し驚いた表情を浮かべた。

「そんなもんも手掛けてるのか」

「うん。叔母さんはしてないけど、私はね。あんな大きい仕事は初めてだったけど、ちょくちょく依頼はあるよ。大体はこれ以上ぼろぼろにならないように、布を当てたり縫い直したりする感じだけど、今回の曼荼羅は実用を前提にした補修だったからかなり手を入れた。四百十四尊あった仏様のほぼ全部に刺繡を足したし」

「気の遠くなる作業だな。それでいくらだ」

　下世話な方へ向かった話題に、苦笑する。タイミング良く届いた冷麺を受け取り、ようやく箸を割った。

「言わないけど、高いよ。全部手作業で二年掛かってるし、技術は安く売れないから。まだお金の話は苦手だけどね。でも叔母さんは、もうこのまま店長を下りるって」

「継ぐのか」

「そうだね。ずっと言われてはいたんだけど、自信がなくて。ただ、叔母さんの病気と曼荼羅の仕事を達成できたのが相まって、なんとか覚悟ができた感じ」

　半透明の冷麺を引っ張り出して啜る。コシの強い麺が好きで、一人焼肉の時も締めには必ず冷麺を頼む。コシが足りないと残念になるが、この店はなかなかいい。

「で、寺の次は」

「泰生くんが、三十半ばの男が一人で行くにはつらい店のパフェが食べたいって言うから、一緒に行ってきたの。確かにかわいらしくて、あれは注文しづらいだろうなってパフェだった。甘すぎたみたいで、ほとんど私が食べたけど」

「夫を一人旅に行かせてほかの男と食うパフェはうまかったか」

皮肉を込めた物言いに溜め息をついて、また麺を引っ張り出す。

「連れて行こうとしてくれたこともない人が、そんなこと言うの？　誕生日や結婚記念日すら忘れてる人が」

「誕生日は九月一日で、結婚記念日が五月五日だろ」

「じゃあ、覚えてるのに毎年無視してたんだ」

分かっていて、連絡一つ寄越すこともなく十年が過ぎた。指輪を外したのは今年の誕生日、もし言葉があればもう少し着けていようと思っていた。勝つはずもない賭けだった。

「お前、そういうの気にする方じゃねえだろ」

真志は、気まずそうに項をさすって言い返す。確かに、記念日の度にディナーとプレゼントがなければ満たされないようなタイプではない。でも、「何もない」のとは別の話だ。

「気にしないよ。子供の頃も、普通に祝ってくれたの泰生くんと叔母さんだけだったしね。実家でもケーキ買ってそれなりのことはしてくれたけど、親とおばあちゃんは『大きくなったんだからもうちょっとしっかり』って追い詰めることばっかり言うし、妹は『プレゼントくれる友達がいないだろうから、あたしががんばって作った』ってクッキーくれるし」

「地獄だな」

真志は鼻で笑い、自分で焼いたロースを皿に運ぶ。

私は多分、地獄から違う地獄に移っただけだったのだろう。追い詰められる地獄から、孤独地獄へ。

「今日、パフェ食べながらなんとなく、この人とだったら毎年『おめでとう』が聞ける暮らしができるのかもしれないって思ったの。今みたいに、寂しい思いしなくてすむのかもって」

泰生と一緒にいれば多分、朝の食卓で「今日誕生日だね、おめでとう」と言ってもらえる暮らしができるだろう。指輪を賭けて、勝負なんかしなくても済むのだ。これまで揺らがなかったものが、あの瞬間、初めて揺らいだ。

「澪子」

「本当に好きになったら、離婚してくれるんだよね？」

じっと見つめる私に、真志は黙る。これまではすぐに返された「しねえ」も、聞こえてこない。

しばらく待っても何も言わない真志に、諦めて冷麺を啜る。さっさと食べて、今日は店に帰ろう。

「あいつはやめとけ、不幸になるだけだ」

冷麺を食べ終え箸を置く頃、少し掠れた声が忠告をする。不幸になる、か。

一息ついて口元を拭い、手を合わせる。バッグから財布を取り出し、引き抜いた五千円をテーブルに置いて腰を上げた。

「まるで、今は幸せみたいに言うんだね」

揺れた視線は見ないふりをして、背を向ける。追ってくるわけのない人から逃げるように店を出て、滲む視界を拭いながら夜道を急いだ。

連休明け、早速連絡して約束を取りつけた寺へ向かう。どんな袈裟を任せてもらえるのか、楽しみで仕方ない。とはいえ、石段はきつい。

荒くなった息を整えつつ境内へ上がり、人出の少ない辺りを見回す。やはり平日は、こんなものだろう。今日も本堂は開け放たれて、奥にはあの曼荼羅が見える。満足して手を合わせたあと、住職の元へ向かった。

本堂脇を掃いていた若い僧侶(そうりょ)に尋ねると、ああ、と気づいてすまなげに笑む。

「お約束の折辺さんですね。申し訳ありません、住職は急用ができまして少し山を下りております。三十分ほどで戻ってまいりますが、お待ちになりますか」

「はい、よろしければ」

午前中は集荷のため不在だと店にも紙を貼ってきた。三十分くらい待つのは問題ない。

「そうですか、ではこちらへ」

でも僧侶が柔和に笑んで手を差し向けたのは、いつもの建物の方角ではなかった。

――住職が、折辺さんは座敷でじっと待つよりこれを眺めておられた方が楽しかろう、と。

案内されたのは本堂の裏、数ヶ月前の大雨で裏山が土砂崩れを起こした場所だった。現在は土砂や瓦礫(がれき)が取り除かれ、壊れた寺務所を新たに建て直している。ただ、あちこちに据えられた柱や梁のいくつかは、見る限り新品のものではなかった。

「お待たせいたしました」

馴染んだ声に振り向くと、住職が立っていた。

「いえ、お勧めいただいたとおり楽しく眺めてました」

笑顔で頭を下げ、隣に住職を迎える。今日も袈裟姿だったが、前回ほど絢爛ではなかった。ふわりと、香の良い匂いがする。

「使われている柱が古いように見えるんですが、あれは瓦礫の中から救い出したものなんですか」

「いえ、土砂に呑み込まれたものはもう使えませんでした。あれは、よそのお寺が観音堂を建て替えられると仰ったのでいただいてきたのですよ。瓦なども」

予想外の出処に驚いて、組み込まれている柱を数える。全部で七本、決して少ない数ではない。古びた柱で新しい建物を支えるなんて、不安があるのではないだろうか。

「そんなことができるんですね。でも、強度は大丈夫なんですか?」

「木材の柱は時間が経つと水分が抜けて締まり、非常に強くなります。特に寺社仏閣は、良い木を潤沢に使っていますのでね。そのまま廃材としてしまうには、もったいないのですよ」

「そうなんですか。てっきり、新しい方が強いと思っていました。こんな風に、古き良き素材が新たな居場所を得て生き続けるのは、素晴らしいですね」

古いからと捨てず、大切に使い続ける。それはかけつぎの存在意義を支える考え方だ。

「ええ。ただ、もちろんですが古材がみな素晴らしいというわけではありません。一つ一つ状態を確かめるのは当然のこと、出処も確かでなければ。古いものには、どうしても念が宿りますのでね。扱いを間違えれば、災いを招きかねません」

「ああ、そうですね。アンティークは念が籠もってるって聞きますし」

「そのとおりです。新しいものを手にする時以上に慎重に、丁重に扱わねばならないのです」

住職は目尻の皺を一際深くして笑み、私を見る。

「さ、では本題の袈裟を見ていただきましょうか。お体が冷えたでしょうし、抹茶はいかがですか」

「ありがとうございます、いただきます」

夢中で見ていた時は気づかなかったが、いつの間にか指先が冷え切っていた。標高が高い分、空気は冷たく澄んでいる。

「うちも、これくらい空気が澄んでたらいいのにな。御札を祀ったらいいんでしょうか」

「御札の前に掃除と換気ですよ。雑巾がけほど清々しさをもたらすものはありません」

「やっぱり雑巾がけですか」

「ええ、雑巾がけです」

雑巾がけをすると家も気持ちもすっきりするのは分かっているが、面倒臭さが勝ってしまう。御札でどうにかしようとする根性が間違っているのも分かっている。

「まず、己の怠け心に打ち勝つ必要がありますね」

答えて苦笑した足を、ふと止めて振り向く。何かが背に触れたような気がしたのだが、誰もおらず、何もない。背後では、相変わらず寺務所の再建築が続いているだけだ。

「どうかされましたか」

「いえ、何かが背に触れた気がして」

でも今のは、ユキエではない。優しく、柔らかな感触だった。

そうですか、と住職は笑みで頷き、また歩を進める。頭を下げ、小さな背の後に続いた。

五、死んじゃえばいいのにね、みんな

ああ、どうしよう。こんなこと、あの人に知られたら。でも、誰に相談したらいいの。どうしよう……どうしよう、私。

ユキエ！　と鋭く響く女性の声に、はい、と答えて目を覚ました。

……またか。

見慣れた暗い部屋に、長い息を吐いて汗ばんだ額を拭う。早鐘を打つ胸を押さえて、落ち着くのを待った。

汗が冷え切る前にカーディガンを羽織り、布団から抜け出す。カーテンを引き窓を開け、まだ暗い朝の空気を吸い込む。湿度のある冷たい空気は、鉄っぽい臭いを含んでいた。

この夢を初めて見たのは、一週間ほど前だろうか。焼肉屋で真志と別れて店へ帰った日の夜だった。最初は、事件のことを考えすぎて夢に出てきたのだろうと考えていた。真志との関係も相まって、精神状態が悪化していたせいもあるだろうと。

でもそれから三回ほど、ここ二日は続けて見た。多分、ユキエからのメッセージだろう。

あれ以来家に行っていないから、催促しているのかもしれない。今日くらい、行ってみるか。

もう一度深呼吸して窓を閉め、台所へ下りた。

シンクで顔を洗い、冷蔵庫から保存袋を取り出す。昨日の夜仕込んだフレンチトーストは、いい感じになっていた。

古びた換気扇をつけ、使い込んだ鉄のフライパンにバターを落とす。立ち上る香りを吸い込んで、準備の整ったフレンチトーストを滑り込ませた。

自分一人の生活に慣れたら、少しずつ丁寧な料理が作れるようになってきた。あの家で暮らし始めた頃は、丁寧に作っては裏切られて傷ついていた。裏切られても傷つかないように手を抜くことを覚え始めたのは、いつからだろう。離婚を切り出した頃には、ほとんどの食事をインスタントか冷凍食品で済ませるようになっていた。

電気ケトルが沸騰を告げたタイミングで、フレンチトーストを裏返す。ちょうどいい焦げ目に満足してフライパンを揺すり、戸棚からコーヒーミルを取り出した。

挽き終えたコーヒーをドリッパーへ落としていると、カーディガンのポケットで携帯が震える。

『おはよう　よく眠れた？』

習慣となりつつある泰生からの一通に、ほっとする。

『おはよう　ぼちぼちかな　今日も一日がんばろうね』

似たような挨拶を送り返してポケットへ戻し、フライパンをまた揺すったあとコーヒーを淹れる。立ち上る心地よい香りに満たされて、小さく笑った。

今日の予定は午前に集荷と配達、午後は作業。寺に行く際『集荷で留守』と張り紙をしたら、集荷の問い合わせが常連からあった。いろいろと聞き取ってみたら、集荷と配達をしてくれるなら利用したいという客が少なからずいることに気づいた。よく考えてみれば、かけつぎを度々利用できるほど余裕がある常連達はほぼ高齢者だ。彼らはみな自分で品物を持ち込むが、それは元気でフットワークが軽いからだ。加齢や様々な事情で来訪が難しい層に、「お得意様予備軍」がいてもおかしくはない。

試しに常連に紹介してもらったら、すぐに予定が埋まってしまった。市内なら集荷と配達で追加料金五百円だが、出向く苦労に比べれば安い金額らしい。

——いいんじゃない、あんたはまだ若くて体もよく動くし。

叔母に相談したら、二つ返事で許してくれた。退院して今は実家で療養中だが、もう少し体調が回復したら店番をしてくれる予定だ。それを楽しみに、リハビリをがんばっている。

店にいつもの張り紙をして依頼品を積み込み、確認したルートで集荷と配達に向かう。今は自分の車だが、事業として軌道に乗りそうなら社用車を導入するべきだろう。理想はクリーニングのような手軽さだが、そう簡単でないのは分かっている。

それでも少しだけ前に出て強くなれたような、これまでとは違う自分になれたような気がして、嬉しかった。

午前の集荷で請け負った依頼品は、七点。店で待っているだけでは、なかなかこの数は持ち込まれない。

午後からの作業に向けて昼食で英気を養っている傍らで、携帯が震える。鶏南蛮弁当の箸を置いて確かめると、久し振りに真志からの一通だった。

『事件のことで話がある』『今日の夜行くよ』『分かった』

やり取りを終えて、解れた緊張に首を回す。ユキエがどこの誰か、目処がついたのだろうか。私も夢の件で行くつもりだったから、ちょうどいい。

あれから一週間、障りは増えているだろうが音沙汰がなかった。離婚しても消すつもりでいるものの、真志は来なくなる気がする。私に躊躇いはなくても、真志にとっては施しに思えるのかもしれない。赤の他人に戻った私に情けを掛けられるのは、プライドが許さないだろう。

――本当に好きになったら、離婚してくれるんだよね？

あんなことを言ったものの、泰生とは別にどうにもなっていない。次は下旬の連休に訪れるつもりらしいが、その時にどうにかなりたいわけでもない。揺らいだのは確かでも、道を踏み外すような覚悟はなかった。そもそも私は「真志という孤独に耐えられないから離婚したい」のであって、「泰生と付き合いたいから離婚したい」わけではないのだ。理由がブレたら、私が真志に知って欲しかったことも変わってしまう。

知って欲しい、か。

空になった弁当の容器に手を合わせて、腰を上げる。この期に及んでまだ分かち合えることを望む自分の弱さに、苦笑した。

片付けを済ませ歯磨きをして、午後の業務へ向かう。最初に取り掛かるのは住職から預かった袈裟の補修だ。今回も大量に購入した本金糸は細いもので千メートルが三万円ほど、縫い直しに使う絹糸が三千円弱だから約十倍の価格だ。問屋曰く、この辺で本金糸を卸しているのは私だけらしいが、まあそうだろう。

預かった七条袈裟は、長短の布を縫い合わせた柄の列が七つ、その隙間を埋めるように違う柄の布が組み合わされている。あみだクジのように見える一枚だ。今回は刺繍の補修と裏地の交換、そして縫い直しを行う。曼荼羅ほどの大きさはないが、半年は必要だろう。

同じ織地をデザインして発注しレプリカを数枚作成してしまえば、費用は掛かるが手間は掛からない。でも、新しいものが必要なわけではない。引き継ぎたいのは袈裟そのものではなく、歴史だ。

古き良きものに手を入れて再び活かすのは、もったいないからだけではない。曼荼羅でも袈裟でも柱でも、そこに刻み込まれたものを……。

——ただ、もちろんですが古材がみな素晴らしいというわけではありません。一つ一つ状態を確かめるのは当然のこと、出処も確かでなければ。

ふと思い出した住職の言葉に、刺繍の針を止める。

まさか。

針山へ針を刺し、真志にメッセージを送る。

『夫婦が亡くなった家と民泊してて亡くなった男性の家に古材が使われてなかったか、使われていたらどこが卸したものか調べられる？　あと、釜茹で事件の釜の出処も』

私の勘が当たっていれば、彼らの共通点はユキエではない。「家」だ。


既読になったものの返信のない状況には不安を覚えるが、仕方ない。向こうの話と合わせて報告するつもりかもしれない、ということにしておこう。

落としどころを探りながら少し早めの閉店準備をしていると、携帯が鳴る。慌てて引っ摑んだが、真志でも泰生でもない。いやな予感しかしない『父』だった。

即座に湧いた「切っちゃおっかな」を抑え、通話ボタンを選ぶ。叔母の様子についてかもしれない。もしもし、と控えめに出たあと、つばを飲んだ。

「折辺さんと離婚するというのは、本当か」

当たったいやな予感に、項垂れる。叔母がうっかり喋ってしまったのだろう。叔母は離婚させたい派だから、言えば面倒になる両親に率先して言うわけがないのだ。

「当人同士で決める話だから」

「何を言ってるんだ。うちはともかく、そんなことになれば折辺の家に申し訳が立たない。せっかく、お前でもいいと言ってもらってくださったのに」

深々と溜め息をつく父に、視線を落とす。結婚前に「迷惑を掛ける前に帰ってくればいい」と言ったことを忘れたらしい。空いた片手が、少しずつ拳を作っていくのが分かった。

「離婚が決まっていないのなら、やめなさい。折辺さんに頭を下げて、白紙に戻してもらうんだ」

「向こうが、浮気をしたのに？」

ぼそりと呟くと、少しの間を置いてまた溜め息が聞こえた。

「遊びだろう、それくらいの息抜きを許せなくてどうする。夫婦はそうやって困難を乗り越え地固めしていくものだ。暁子を見なさい、アメリカで三人も子供を育てながら必死に軍人の夫を支えているんだぞ。お前は子供もいないのに、夫を支えることすらできないのか」

いつもどおり、私以外の味方しかしない父の言葉が突き刺さっていく。しばらく聞いていなかったせいか、今日は一段とよく刺さった。

「離婚しても、甘えたお前を受け入れる場はうちにはない。頭を下げて、やり直させてもらいなさい」

一方的に自分の主張を押しつけて、電話は切れる。離婚しようと実家を頼るつもりはないから、そこだけは刺さらなかった。昔からずっと、何も変わらない。

ぞわりと久し振りの感覚がして、何かが触れる。

「死んじゃえばいいのにね、みんな」

私の口を使って、ユキエが話す。そこまでは思っていないつもりだが、本当にそうなのだろうか。私の奥底で蠢く何かは、もしかしたらずっと望んでいるのかもしれない。本当は、ずっと。

不意にまた鳴り始めた携帯を確かめると、今度は真志だった。父が、何か連絡したのかもしれない。

通話を選んで小さく応えると、珍しく切羽詰まった声がした。

「大丈夫か、なんかあったか」

「どうして?」

「今お前が作ったあれが、二本同時に切れたんだ。いやな予感がしてな」

ああ、と気づいて、長い息を吐く。胸に熱が戻ると同時に、涙が溢れた。

「私、もうだめかもしれない。さっきお父さんから電話がきて、みんな死ねばいいのにって思っちゃった」

「大丈夫だ。迎えに行くから、店を閉めてじっとしてろ。誰にも会わずに、電話もするな。いいな」

うん、と涙声で答えて通話を終え、閉店作業を続ける。カーテンを閉め終えて戻った時、また電話が鳴った。表示された泰生の名前に、胸が揺らぐ。

少し迷ったあと、携帯を伏せて遠ざかったところに座り込む。小さくなって、耳を塞いだ。

真志は予定どおりすぐ店に現れて、怯えきった私を抱えて家へ帰った。いつもはダイニングだが今日はソファで、肩を抱かれて過ごす。ぽつぽつとさっきあったことを話すと、真志は溜め息をついた。

「俺が拝み倒した立場なのに、まだそんなこと言ってんのか。もう電話には出るな。メールも無視しろ。それでも煩え時は俺の指示だって言えば、その調子なら黙るだろ」

うんざりしたように零す真志に頷いて、洟を啜る。

「事件のことは一旦俺に預けて、お前はしばらく離れてろ」

「でも、ユキエさんと」

「だめだ、これ以上は呑まれる」

真志は渋る私の先を塞いだ。そうは言っても、ユキエとコンタクトが取れるのは私だけだ。事件を解決するには、この家でユキエともっと話す必要がある。あの夢を私に見せたのも、伝えたいことがあったからだろう。

「この前も言っただろ。似てたとしても一緒じゃねえ。同情も同調もするな。お前は、死んでもこんなことはしねえ人間だ」

「そんなの、分からないよ。私だって、人を恨んだらどうなるか」

「澪子、こっち向け」

震える声で可能性を口にした私に、真志は腕を引き抜きこちらを向いて座り直す。私もおずおずと向きを変えて、ソファの上に正座した。

「お前が大丈夫なのは、俺が一番よく知ってる。お前はどんなに追い詰められても、救うカードが切れる人間だ」

いつかの告白を思い出す言葉に、真志をじっと見つめる。相変わらずの射貫くような視線に、今日は負けて揺れそうになった。私は、自分が弱いことを知っている。

「夫である前に人間として、俺はお前を信用してる。お前は、大丈夫だ」

嘘には聞こえない言葉に救われて頷くと、真志は私を引き寄せて抱き締めた。大丈夫だ、と繰り返される言葉に長い息を吐いた時、背後に視線を感じる。決して、心地よいものではなかった。

「澪子？」

「ユキエさんが、怒ってる」

――わ、たしと……いっしょ。

思い出した最初の言葉を、胸の内で反芻する。

「どうして怒ってるんだろう、一緒じゃなくなった？」

「やめろ、同調しようとするな」

でも、と振り向いた瞬間、何かが喉に巻きついて勢いよく体が引き上げられる。摑もうにも摑めないあの感触に、濁った息を吐く。私を呼ぶ真志の悲痛な声は聞こえたが、今日はすぐに聞こえなくなった。


長く薄暗い廊下の中央が、磨かれてぼんやりと照っている。

季節は夏か、庭には緑が生い茂り、蟬の声がする。開け放たれた雨戸側の廊下の端はところどころが色褪せ、雨に濡れたのか少し浮いたような箇所もあった。

若い女性の声に視線を上げると、場面が移る。仄暗い板張りの部屋は台所か、立派な土間にはいくつかの釜と、大釜が並んでいた。あ、と気づいて見上げれば、あの家で見たような太い梁もあった。

「久し振りね」

振り向くと、戸口にある電話台の傍で白い受話器を耳に当てる女性の姿が見えた。半袖シャツの肩がなだらかな、細身で優しい顔立ちの女性だ。ユキエだろう。ふっくらとして色艶のいい頰は、まだ二十代か。

「悪いな、なかなか行けなくて」「大丈夫。無理しないで、なんとかやってるから」「そうか、じゃあ」「え、もう切るの?」「仕事中なんだよ」「ああ、そっか。ごめんね」

聞こえてきた会話は電話の内容か。相手は多分、ユキエの夫だろう。

ユキエは寂しげに俯いて答えたあと、電話を切る。ユキエェ、と野太い男の声がどこから響いて、びくりとしたユキエは慌てて台所を出て行く。薄暗い廊下の角を曲がったあと見えなくなって、全ては暗がりへと沈んでいった。

再び似たような光景が浮かび上がってきたが、古びたガラス戸が閉められた先には雪が見える。今回は冬か。電話に向かうユキエは、黒っぽいニットを着ていた。青ざめた顔は瘦せて、少し窶れていた。

「私なんて、この家に嫁いだ頃は大姑（おおしゅうとめ）も大舅（おおしゅうと）もいたのよ。朝早くから夜遅くまでこきつかわれて、ごはんはみんなが食べ終わってから残り物だけ。お風呂（ふろ）なんかとっくに冷めてたのに、沸かし直しはもったいないって言われて震えながら入った。それに比べたら、お義兄（にい）さんの世話が何？　楽なもんじゃない」「でも、殴るの」「私なんか、姑にもお父さんにも殴られてたわよ！　それでもあんたのために、離婚しなかったの。あんたみたいな薄気味悪い子でも、父親がいなくなったらかわいそうだから。その程度で帰ってきたいなんて、ただのわがままよ。分かったら、こんな暇潰（ひまつぶ）ししてないでしっかり働きなさい」

一方的に断ち切られた電話の相手は母親らしい。聞いているだけで、気持ちが暗澹（あんたん）としてくる内容だった。姑が嫁をその台詞（せりふ）でいびるならまだ理解できるが、娘に言うとは。

うちは祖母も母もお嬢様を嫁にもらってきたせいか、同居でも下賤（げせん）な争いは一切なく、未（いま）だにふわふわとした天界の暮らしを続けている。生粋の天上人は下界の諍（いさか）いになど縁がないのだ。

それにしても、薄気味悪い子、か。

引っ掛かる言葉に意識を向けた時、前回と同じ野太い声がユキエを呼ぶ。今日は、何かが割れるような音もした。

「ユキエ！　何してんの！」「はい、今行きます！」

続いたヒステリックな女性の声は、姑か。そしてまた、ユキエは走って夏より薄暗い廊下の角へと消えていく。振り向けば、不気味なほど静かな大釜がそこにいた。ひたひたと近づく不穏な影を見るのは恐ろしいが、きっと拒めないのだろう。これを観せているのは、ユキエだ。

やがてまた、季節は変わる。庭の緑に紛れて、猫柳が揺れていた。春か。穏やかな風に小さな白を散らす姿は麗らかだったが、次に現れたユキエの姿は庭のそれとはかけ離れたものだった。脚の具合でも悪いのか、壁に凭れて座り込み、片脚を伸ばしている。啜り泣く声が聞こえた。

「もう無理だよ。早く、迎えにきて」「今はまだ無理だ。辞令が下りてそっちに帰れたら、必ず行くから」「でもお義兄さんに瓶を投げられて、脚がすごく腫れてるの。折れてるか、ヒビが入ってるのかもしれない」

ふくらはぎの辺りをさすりながら、ユキエは訴える。今回の相手はまた夫らしいが、答えには少し間があった。

「病院に連れて行くように、母さんに言えばいい」「連れてってくれるわけないじゃない！この家に、私の味方をしてくれる人なんて」「泣くなよ、ユキエ。仕事が落ち着いたら、会いに行くから。じゃあな」

泣きながら訴えるユキエを宥め、まるで逃げるかのように電話は切れる。ユキエは受話器を置いたあと、体を折り曲げて顔を覆った。こんな思いをさせて自分は浮気、ではない。頭が鈍くてずっと引きずっていたが、そういえばユキエは風呂で亡くなった彼女ではないのだ。彼女の夫は確かに浮気をしていたが、ユキエの夫が浮気をしていたかどうかは今の時点では不明だ。

「わたしといっしょ」なのは、夫にまるで顧みられない姿と、実家の家族に突き放されるところか。あとは、もしかしたら。

ユキエェ、とまた野太い声がするが、ユキエは頭を横に振って顔を上げない。もう、限界なのだろう。再び呼ぶ声が響いた時、台所の戸が開いて七十過ぎに見える厳つい男性が現れる。

「何してんだ、早く行け！」「いやです！　もういや！」「このグズが！」

拒絶したユキエを、男性は容赦なく蹴り飛ばす。床に倒れてぐたりとしたユキエの服を引っ掴むと、そのまま引きずって台所を出て行く。これまでと違ったのは、あの角を曲がったあとでユキエのものらしき悲痛な悲鳴が響き渡ったところだ。

「ユキエさん！」

名前を呼び身を乗り出したって、救えるはずもない。分かっているが、だめだ。また光景を消そうとする暗がりを、薄く透ける手で必死に掻き分けた。

もう一度ユキエを呼ぼうとした時、どこからか経を読む声が聞こえてくる。戸惑う私の前に下りてきたのは、七条袈裟の生地を思わせるきらびやかな細い帯だった。

「え、何？」

しかし帯は惑う私などまるで意に介さず、瞬く間に私を包んだあと、ぽんと跳ね上げるようにしてどこかへ飛ばした。

滑り込んだ光に細めた目をゆっくりと開くと、白い天井と長い蛍光灯が見えた。この光景には、覚えがある。ふっと何かが蘇る(よみがえ)と共に、ピーピーと忙(せわ)しない電子音が聞こえた。

私は、まだ生きているのか。

鼻の違和感に管だらけの手をもたげた時、足元の方で人の気配がした。


私はあのあと、十二日間も眠り続けていたらしい。世の中は既に、今月二つ目の三連休へと突入していた。

「とにかく、無事で良かった。本当に心配したんだよ。おばさんから電話をもらった時、立っていられなかった」

長椅子に腰を下ろした泰生は髭(ひげ)が伸び、少し痩せていた。顔色も悪いから、あまり寝ていなかったのだろう。

「ごめんね。来てくれてありがとう」

意識を取り戻してすぐ病室に姿を現したのは、真志ではなく泰生だった。聞けば、倒れたと叔母から連絡を受けてすぐ、有給を全て突っ込んで来たらしい。

「澪ちゃんが抱えてた仕事はおばさんがほぼ仕上げて、俺が配達したからね。袈裟のことは、俺が寺に連絡しといた」

叔母が、針を持ったのか。指先のリハビリを続けていたのは知っていたが、復帰はまだ先だと思っていた。

「叔母さん、大丈夫だった？」

「うん。俺も心配したけど、やっぱり職人だね。よっこいしょって座って針持った途端、震えてた手が止まって目つきがシャープになって。仕事が一番のリハビリだわって言ってたよ」

「そっか。でも、そうなのかもね。泰生くんも手伝ってくれて、ありがとう」

仕事に穴が開かなかったのは何よりだ。新規客が多かったから、ここでつまずいたら次がなくなってしまうところだった。叔母と泰生には、感謝しかない。気になることは、あと一つだけ。

「それで、あの人は？」

「普通に仕事してると思うよ。あと、ごめんね。一発殴っちゃった」

付け加えられた報告に、驚いて泰生を見つめる。泰生は苦笑して手の甲をさすった。もう痕跡は見えないが、その時には腫れていたのだろうか。

「斎木の家に詫びに行って、土下座したらしいよ」

え、と思わず目を見開いたが、確かに事実を伝えられない相手だ。仕方ない。でも、泰生になら言っても良かっただろう。

「お医者さんや看護師さんには覚えてないって言ったけど、本当は全部覚えてるの。あの人がどう説明したか分からないから、齟齬があったら困ると思って」

今度は泰生が驚いた表情を浮かべる。

「私は、ユキエさんに首を絞められてこうなったの。あの人は、何も関係ない」

まだ力の戻らない体を起こしつつ事実を伝えた私をじっと見据え、やがて長い息を吐いた。

「離婚話で揉めて頭を冷やすために部屋に行って、戻ってきたら首を吊ってたって話になってるよ」

「そっか」

確かにそれが、最善の策かもしれない。一緒にいて、この状態になったのだ。首吊りでなければ、「誰か」が首を絞めたことになる。

「実家は、おばさん曰く『死ぬほどいやだったなら言えば良かったのに』って空気になってるって。折辺さんの両親も頭下げに来たそうだから、今ならすんなり離婚できるよ。まあ、するつもりはないだろうけど」

皮肉っぽく続けて、泰生はまた手の甲を撫でた。

「この状況で、澪ちゃんが離婚を選択できるわけがない。うまいね、殴らなきゃ良かった」

「そんなこと」

「考えないと思う？　刑事の頭だよ」

確かに、そうかもしれないが。管の繋がるむくんだ腕を撫で、俯く。

「澪ちゃんは心で動くけど、あの人は頭で動くタイプだからね。計算なんてすぐできるよ」

「できるのは、仕事だけだよ。私生活も計算で動けてたら、私は今頃幸せに暮らしてる」

真志がそんな男なら、表面上だけでも取り繕って私の機嫌を取っていただろう。私が離婚を切り出さないように、適宜ガス抜きできるよう立ち回っていたはずだ。間違っても「通帳見りゃ分かるだろ」で別宅を借り続け、十年も放置するような真似はしない。それに。

もし根っから器用な男なら、亡くなった伯父の記憶も思い出に変えて違う道を進んでいただろう。刑事の道にある意味「囚われてしまった」のは、変えて生きられなかったからだ。

「一緒に過ごした時間は短くても、一応は夫婦だからね。あの人の得手不得手は分かってる。そんなに器用な人じゃないよ。私が言えることじゃないけど」

苦笑しつつ、私の中で唯一器用に動く指をさすり合わせる。私が器用なのは手先だけ、それは子供の頃から変わらない。

泰生はしばらく黙って聞いていたが、やがて何かを諦めたように腰を上げる。

「目を覚ましたって、連絡してくるよ。澪ちゃんに聞いてからにしようと思って、まだしてなかったから」

「ありがとう」

礼を言った私に何か言い掛けて、呑み込む。

「信じて、裏切られるのは澪ちゃんだよ」

溜め息のあと言い残して、カーテンの向こうへ消えた。

障りをまとった真志が姿を現したのは、流動食で構成された夕食を食べている時だった。

おかえり、と声を掛けた私に答えないまま長椅子へ座り込んで以来、まだ一言も声を発さない。頬の腫れが引いた痕なのか、頬骨の辺りが少し黄ばんだように見える。

「コーヒー飲みたいけど、まだ無理なんだって」

二週間近く動きの鈍っていた胃に刺激物はもちろん、いきなり固形物を流し込むのも良くないらしい。分かってはいるが、物足りなくはあった。

食べ終えて手を合わすと、真志は立ち上がってトレイを手に病室を出て行く。運んでくれるのか。これまでにない気遣いに驚いたが、まあ、この状況なら動くのだろう。

戻ってきた真志に礼を言うが、また黙ったまま座った。仕方ない。

一息ついて、意識のない間に見た夢について話すことにした。

「意識のない時、ユキエさんが誰かと電話してる場面を三回観た。一回目と三回目は夫で、二回目は実の母親だった。義実家で同居、じゃないな。多分夫に頼まれたか何かで、住み込みで手伝いに行ってたみたい」

「やっぱりそうか」

ようやく口を開いた真志は、納得したように頷く。ミサンガが二本ともなくなったせいで、障りは久し振りの濃さになっていた。

「ひとまず県内でユキエとヒロムを探してみたけど、条件が合わなくてな。県外か、なんらかの理由で住民票に並んでねえかだと見当はつけてた」

事件のことなら話せるようだから、しばらくこの話を続けた方がいいだろう。

「夫は仕事が忙しくて、あまり会いに行けてなかったみたい。一回目の電話で謝ってたよ。で、ユキエさんは多分、世話をしてたお義兄さんに、暴力を振るわれてた。三回目の電話で、瓶を投げられて脚が折れたかヒビが入ってるって夫に訴えてたから。でも夫は義母に言って病院へ連れてってもらえって、電話を切った」

突き放された時の、ユキエの絶望した様子が忘れられない。夫も実家の家族も、誰も助けてくれない、救いのない状況だった。

振り返ってみれば、これまでユキエが怒りを露わにしたのは泰生が私を助けようとした時、「救いの手」が伸びた時だった。家族と分かち合えない時や真志に傷つけられた時には同調し、救い出されそうな時に「嫉妬」していたのなら、今回私の首を絞めた理由も納得がいく。ほかでもない、夫である真志に救われた私が許せなかったのだ。「わたしといっしょ」ではなくなった私が。

「そのあと、お義兄さんの世話に行くのをいやがったユキエさんを、義父が蹴り倒して首根っこを引っ摑んで引きずって行ってた。ユキエさんの悲鳴が聞こえたのが、最後だった」

あのあとユキエの身に何が起きたのか、想像はできても、もう手は届かない。

「ここに運び込まれる前、『どうしよう』って動揺してるユキエさんの夢を見てたの。誰かに何かを知られるのを怖がってるみたいだった。その理由は、あの映像では分からなかったけど」

「やり返した結果、怪我でもさせたのかもな」

それに報復される形で、殺されてしまったのか。そして隠蔽（いんぺい）するために、切り刻まれて。

脳裏に響くユキエの悲鳴に、視線を落とす。あの暮らしに、救いはあったのだろうか。

「夫婦が死んだ家と民泊の家、お前の予想どおり古材が利用されてた。工務店に売った店とそこに卸した業者、流した産廃業者の名前までは追えた。隣町の業者だったわ。ただ、社長が逃げて倒産してな。令状出てるから、理由つけて探しやすくはなったわ」

逮捕令状か。

「隣町の管轄だけど、先月酔ってけんかした相手をぶっ刺して逃げてんだよ。殺人未遂に加えて廃棄物処理法違反と脱税で追われてる」

「不法投棄とか、そういうこと？」

脱税はよく分からないが、不法投棄は山間部へ行くとたまに見掛ける。道路脇や谷に、タイヤや古びた電化製品が転がされているアレだ。業者が摘発されたニュースも、何度か新聞で読んだ。

「産廃業者は、受注した廃棄物を未処理のままほかの処理業者に回す『再委託』は基本的に禁止されてる。中抜きやピンハネの温床になる上に、不正業者の受け入れや不法投棄に繋がりやすいからな。それでもまあ、致し方のない面もあって目こぼしされてる部分はあるんだよ。多分、目こぼしできねえレベルのことしてたのがバレたんだろ」

殺人未遂の捜査をしていたら、芋づる式に悪事が出てきたのだろう。それが発覚するのを恐れたから、逃げたわけか。

「あと、破砕に回すべき廃材の類を売り飛ばしててな。例の古材はそれで流されたもんだろう。帳簿につけない裏稼業ってやつだ」

「叩けば埃が出る人だったんだね」

一度道を踏み外すと罪の意識が薄れて、戻れなくなるのかもしれない。バレなければ許されたような気になって、何度でも繰り返していく。

「隣町の所轄に連絡して、俺も一枚噛んで仕事内容を洗いつつ社長を捜してるとこだ。見つけ次第しばき倒……取り調べて必ず聞き出す。あの釜の方もそのうち分かる。だから」

不穏な表現を言い換えたあと、真志は私を見る。

「お前はもう、実家に帰れ。今なら誰も文句は言わねぇはずだ」

スーツの内ポケットから出した離婚届を、ベッドテーブルに置いた。

「俺と夫婦でいるから『似てる』だのなんだの言われて、絡まれてんだろ。名前書いて判も押した。あとは仙羽にでも証人になってもらえ」

置かれたそれは、間違いなく二年前に私が差し出したものだろう。一瞥で差し返されて以来、寝室のチェストに入れていた。まさか、こんなところで出てくるとは。

「でも」

「またあんな思いをするくらいなら、死んだ方がマシだ」

遮るように継いだあと、真志は腰を上げた。顔色が悪いのは障りのせいだけではないだろうが、私にできることはこんなことしかない。

「待って。障りを消すから、ここに座って」

ベッドの縁を叩くと、真志は素直に背を向けて座った。点滴の管を払い、障りで澱んだ背に触れる。

「これからも、つらくなった時は来て。私も、あなたが障りでふらついてると思ったら落ち着かないから。あと、ミサンガは作り直すよ。できあがったら取りに来て」

ああ、と小さく答えて真志は黙る。妻としては、これが最後になるのか。痩せた背が涙で滲んだ。

既に障りの消えた背中を見つめて長い息を吐いたあと、座り直す。初めて伸ばした病衣の両腕を、真志の体に回した。抱き締めると、少しずつ馴染んだ熱が染みていく。大きく息を吐けば、こんな時なのに胸が落ち着いてしまう。

「十年、苦労掛けた」

大人しい声に、目を閉じる。涙は頰を伝い落ち、どこかへ散って消えた。


病室で袈裟の補修はさすがに無理だが、ミサンガを編むくらいならできる。

かけつぎの仕事を初めて知ったらしい担当の看護師もミサンガは知っていて、私も若い頃に作りました、とひとしきり盛り上がった。今回のミサンガも相変わらず黒一色だが、籠目紋を編み込んでいる。六芒星は魔除けに通じるらしい。

「これいいわねえ、リハビリになるわ」

やり方を教えたらすぐに覚えた見舞いの叔母も、サイドテーブルの引き出しに片方を嚙ませて基本の編み方で取組中だ。

「いいでしょ、無心でできるし」

「そうね」

叔母は小さく答えたあと、しばらく黙って編む方に没頭した。

「あんたの親達は、離婚して帰ってきた時の挨拶回りについて連日話し合ってるわよ。どこから頭を下げに行くかと、理由をどうするかって。自殺未遂なんて体裁が悪いから、あんたに原因があって子供ができなかったから引き取ったってことにするみたいよ。我が兄ながら、ほんと情けないわ」

今は実家に居候の身だが、ストレスはそれなりに溜まっているらしい。叔母は自分で全部決めて生きたいタイプだから、父に依存し言いなりになる祖母と母にも苛立つのだろう。

「私、退院しても実家には帰らないよ。直接店に戻る。本調子になるまでは店は開けずに、袈裟だけちまちま補修しとくから」

「それがいいわ。あそこに帰ったら『出戻りなんてみっともない』って、すぐにどこぞのじいさんの後妻話を持ってくるだろうから」

「きそうだなー」

苦笑して、職人の速度で再び手を動かしていく。

「私は泰生くんとさっさとくっついて欲しかったけど、もう、どうでもいいわ」

できあがっていく籠目紋を爪で整え、少し切羽詰まって聞こえた言葉の次を待つ。

「生きててさえくれれば、どこで何してようと、もう」

揺れた声に、ミサンガからぱっと手を離した。そうだ、自殺未遂が真実ではないと知っているのは真志と泰生だけだ。ほかの家族はどうでもいいが、叔母だけは。

「ごめん、私が」

「私がもっと、きちんとあんたの話を聞いてやっていれば、こんな」

「そうじゃない、違うの！」

震える声で悔いを口にした叔母にたまらなくなり、ベッドを下りて長椅子の隣に座る。手を握り締め、叔母の痛みが癒(い)やされるよう祈った。

「ごめんね。私、叔母さんにずっと黙ってたことがあるの。このことは、泰生くんと真志さんしか知らない」

一つ深呼吸をして、怯える胸が落ち着くのを待つ。大丈夫、この人は私の「母親」だ。じっと窺(うかが)う視線に、幼い頃から私を守り続けてくれた手を握り直した。

叔母は一息ついて、私が剝(む)いたばかりのりんごをかじる。

「そんな力があることには全く気づかなかったけど、別に驚かないわ。あんたは小さい頃から、針を持つと別人になってたし。感覚で仕事をするのは天才肌だからだと思ってたけど、そういうものとの繫がりが深いんなら納得だわ。私がこんなに早く回復したのも、あんたの力ね？」

「多分、そうだと思う」

力の目覚めから自殺未遂の真実まで詳らかに話しているうちに夜になってしまったが、叔母は訝しむこともなく受け入れてくれた。まさか職人としての仕事ぶりが説得力に変わるとは思わなかったが、叔母は腑に落ちたように何度も頷いた。

こうして話したことで、新たな心配の種を与えてしまうのは分かっている。でも、あそこで「あったこと」にして抱き締めるなんてできなかった。

「離婚に踏み切れないのは、そのやり取りがあるから？」

尋ねる叔母に、刺繡糸の流れを整えていた指先を止める。

「そうじゃないよ。離婚してもこれまでどおり消すつもりだし、あの人も呼べば来ると思う。だからもう、もらった届を出せばいいだけなんだけど」

――十年、苦労掛けた。

脳裏に蘇る声に溜め息をつき、サイドテーブルの引き出しから離婚届を手に取る。これを差し出した時にはできていた覚悟が、今は揺らいでいる。

「出せばいいだけ、なんだけどね」

角の目立つ字で記された『折辺真志』と赤い印影を、じっと見つめた。

退院は目覚めてから約一週間後、十一月最後の金曜日だった。

予定どおり店に戻ったあと掃除をして、久し振りの作業に取り掛かる。ほかの仕事は全部叔母が仕上げてくれていたから、残されたのは袈裟だけだ。

意識が回復したあと、病院から住職に連絡をした。迷惑を掛けた詫びと納期には影響ないことを伝えると、住職は「よく戻ってこられましたね」と穏やかな声で返した。

——闇の中で苦しみもがく者は、鮮烈な光には耐えられず背を向けます。一方でほんのりと照る光は心地よくて、救いを求めて飛びつくのです。本当の救いは鮮烈な光の中にあるのですが、彼らはそれを悟れません。己の知る、己が心地よいと思うものの中に救いがあると、「あって然るべき」だと思いこんでいる。自惚れと言うほかありません。

続いた言葉は誰かを明確に指したものではなかったが、ユキエのことだろうと想像はできる。やはりあの時、進もうとした私を引き止めてこちらへ戻してくれたのは、住職だったのだろう。あのままユキエを救おうと追い掛けていたら、私の意識は二度と回復しなかったのかもしれない。

自分にできることをしたいと思う気持ちは今も変わらない。苦しみの中で一方的に奪われた命が一日でも早く救われることを、今も祈っている。ユキエが本当の救いに気づくには、どうすればいいのだろう。

金糸でほつれた唐草の蔓を補修し終えた時、携帯が鳴る。『暁子』の表示に無視すると、着信音はしばらく鳴り続けたあとで途切れた。ほっと安堵した瞬間、再び鳴り始めて諦める。多分、出るまで鳴らし続けるつもりだろう。袈裟を置いて応えると、お姉ちゃん、といつもの大仰な声がした。

「お母さんに聞いてびっくりしちゃった、なんで死のうとしたの？」

「あなたには関係ないでしょ」

「関係なくないよ、妹だもん。死のうとする前に相談してくれれば良かったのに」

一番相談したくない相手に言われるほど、萎えるものはない。

「お母さんは離婚で揉めてたみたいって言ってたけど、そこまで追い詰められてたんなら逃げれば良かったじゃん。命懸けて続けるような結婚でもなかったでしょ」

胸をざわめかせる言葉に、携帯を握り直して溜め息をつく。少しずつ、胸の底がささくれだっていくのが分かる。

「最初から、どう見ても相性悪かったじゃん。あの人、お姉ちゃんの顔が良かっただけだよ。どこが良かったんですかって聞いたら、真顔で『顔です』って即答したもん」

それは、まともに答えたくなかったからだ。思い当たって、思わず苦笑した。

「小さい頃からさ、いっつも周りに『お姉ちゃん、きれいね』って言われてたの、あたし。小学校の時とか『姉ちゃん美人なのに、お前似てねえな』って男子にからかわれたりして」

突然の昔話に驚いて、少し視線を上げる。十一月の最終日が、妹の誕生日だ。今年で三十二、だったたか。

確かに顔立ちを褒められたことはあったが、それはほかに褒めるところがなかったからだろう。妹には常に多種多様な褒め言葉が注がれていたが、私はそれだけだった。

「あたしは勉強や運動をがんばってアピールしてやっと見てもらえたのに、お姉ちゃんはいるだけで見てもらえてさ。気持ち悪い嘘ついて学校に行きたがらなかった時も、放っとけばいいのにお父さんは車で送るし泰生くんは付き添って帰ってくれるし。めちゃくちゃ羨ましかった」

「でも、気は弱いし引っ込み思案だし。顔だって、『幸薄そう』『未亡人っぽい』って言われてきたんだよ？ 注目されて羨ましがられる人生を送ってきたのは、あなたでしょ」

「そうなるようにしてきたの。変わったことしなきゃ、がんばらなきゃ見てもらえなかったから！」

思わぬ勢いで打ち返された主張に驚いて、黙る。妹がそんな焦燥を抱えていたと知ったのは、もちろん初めてだ。私のことなど、まるで気に留めていないかと思っていた。

「かけつぎは、お姉ちゃんがアピールしなくても叔母さんが勝手に見出してくれたんでしょ？ 泰生くんも、仲良くなりたくてがんばってたあたしより、なーんにもしないお姉ちゃんを気に入った。あの人もどうせ、泥棒に入られて涙目になってただけのお姉ちゃんに一目惚れしたんでしょ。お姉ちゃんはいつもそうだもん、がんばらなくてもなんでも与えられる」

かけつぎはともかく泰生と真志は違うが、問題はそこではなく、私が常にそうだと思われていた点だ。妹にとって私は「なんの苦労もなく恩恵を受けてきた姉」だったのだ。

私はずっと「悪気なく傷つけてくる妹」だと思っていたが、それは私の勝手な思い込みだったのだろう。悪気はいつも、ちゃんとあった。

「逃げるようにアメリカに来たけど、あたしを丸ごと愛してくれる人や子供達と一緒に暮らして今、幸せなの。やっとお姉ちゃんに勝てた気がする。そしたら急に、顔しか愛されないお姉ちゃんがかわいそうになって」

いや、やっぱりないかもしれない。苦笑して、溜め息をついた。

「ずっと言えなかったことを言えて、すっきりした？」

「そういう、気取ったところも嫌い」

「私も、何を言っても素直に謝れば済むと思ってる、あなたの傲慢さが嫌い」

初めて口にした内容に、え、と短く答えて妹は黙った。まさか私に言われるとは思っていなかったのだろう。これまでは、何を言っても言い返さなかった相手だ。

「家族でも姉妹でも、合わないものは仕方ないの。無理して仲良くする、助け合う必要なんてない。私が死んでも帰ってこなくていいから、そこで幸せに暮らして。じゃあね」

短い挨拶を最後に、今日は私から通話を終える。もう鳴りそうにない携帯を置いて、窓へ向かった。大きく開けた作業場の窓から見えるのは、古びた細い路地と向かいの店の裏口だ。

いつもと変わりない景色を眺めて、冷えた空気を胸に吸い込む。一応は姉妹げんかになるのだろうが、悪くはなかった。腹に一物抱え合ったまま消化不良で死ぬよりは、多少痛んでも刺し合って消化した方がいいのだろう。

——己の知る、己が心地よいと思うものの中に救いがあると、「あって然るべき」だと思い込んでいる。自惚れと言うほかありません。

あの話の主語が曖昧だったのは、ユキエだけの話ではなかったからか。生きていても死んでいても、私達は同じように自惚れる。

言えなかったことを言ってからでも、遅くはないだろう。

肌を刺す空気に窓を閉め、カーディガンの腕をさする。再び定位置に戻り、針を手にした。


玉止めをして糸を切り、一息ついた時には夜になっていた。暗い部屋に今更驚いて腰を上げ、照明を点(つ)ける。あんな暗い中でどうやって作業をしていたのか不思議だが、作業中にはちゃんと「見えていた」のだ。

遅れて空腹と喉の渇きを感じた体に従い、台所へ向かう。戸棚を開けて取り出したカップ麺(めん)を数種類並べ、塩焼きそばを選んだ。

電気ケトルに水を注ぎ、スイッチを入れる。あとはインスタントの味噌汁(みそしる)でも、と再び戸棚へ向かい掛けた時、背後に久し振りの気配を感じた。私の口を使い、あんな記憶まで見せるくらいだ。今はもう、私に憑(つ)いているのだろう。

爪先(つまさき)から這(は)い上がった寒気が突き抜けるのを待って、長い息を吐く。同調も同情もするなとは言われたが、どうすればいいのだろう。もう呑(の)まれたくはないが、対話はしたい。

「あなたが見せてくれたことは、そのまま夫に伝えたよ。あなたに何があったのか、もう少しで明らかになるから」

ひとまずは冷静に、今の状況だけを伝えていく。電気ケトルの中で、ぼこぼこと低い音が立ち始める。

「あなたは、旦那さんに頼まれて義実家へお義兄さんの世話を手伝いに行った。でもお義兄さんはもちろん、義父母もあなたにつらく当たった。あなたはそれを旦那さんに訴えたけど、仕事の忙しさを理由に、旦那さんはなかなか会いに来てくれなかった。そのうち、あなたは何か人に……旦那さんにかな。知られたら困るようなことをしてしまった。それで、自殺を考えたの？　殺されてしまったのも、その『知られたら困ること』が理由？　ともかく、彼らは何らかの理由であなたを殺してしまったあと、犯行を隠蔽するためにあなたを切り刻んで、釜で煮て、捨てた」

　これまでの情報を継ぎ合わせ、今の時点で考えられるストーリーを伝えてみる。

「あなたの望みは、彼らが捕まって正しく裁かれることでしょ。それは今」

　いつかのように気配はすぐ傍まで迫る。ユキエの顎が、肩に乗ったのが分かった。小刻みに肌が粟立ち、息が浅くなる。同調も、同情もしない。

「私に何かあったら、夫は捜査をしなくなる。それで一番困るのは、あなたでしょ？」

「……あい、たいの」

　ぎこちなく零して、気配はすぐに散った。

　電気ケトルのスイッチが切れると同時に、緊張感の糸も切れる。座り込んで背を丸め、長い息を吐いた。

　会いたい、か。

早く捕まえて殺して欲しいのが殺した連中で、会いたいのは夫。仕事を理由に会いに来ない夫か。苦笑して体を起こし、ゆっくりと腰を上げる。塩焼きそばの容器の蓋(ふた)を途中まで開け、熱湯を注いで三分待つ。

「私が似てるんじゃなくて、夫が似てる……」

ふと思いついたことはあったが、振り切るように顔をさすり上げる。まさか、そんなことはないだろう。もしそうなら、とっくに裁かれているはずだ。だから、そんなわけがない。

結論づけて手を下ろし、鳴る様子のない携帯を眺める。

籠目紋を編み込んだあのミサンガは、退院前に真志の手首に収まった。一定の効果があるのは分かったから、今回は疑いの念を排してひたすら無事を祈りながら編んだ。多分前回の二本よりしっかりと真志を守る一方で、私に何かあればまた千切れて知らせてくれるだろう。

三分経過を知らせる音に湯切りをし、蓋を剝(は)ぐ。白く立ち上る湯気の中にソースを流し入れて、搔き回す。思い出してインスタントの味噌汁も準備し、ダイニングテーブルへ運ぶ。慣れ親しんだ、一人の夕食を始めた。

震えた携帯に箸を置いて確かめると、泰生からのメッセージだった。

『もうすぐ着くよ』

確かに「また週末に来るよ」と言って帰って行ったが、火曜日に別れたばかりだ。まさかこの週末に来るとは思わなかった。

離婚届を受け取ったことは、まだ叔母にしか話していない。真志が話したかどうかは確認していないが、話していたら。「あまり会いたくない」と浮かんだのは、正しいことなのか。答えを出せずにいる間に、表でドアを叩く音がした。

少し躊躇ったあと表へ出て、泰生の影を写し取るカーテンを引く。ガラスの向こうに立つ泰生は背後から光を浴びて、影に沈んだ顔は表情が見えない。どんな顔で迎えていいのか分からないまま、鍵（かぎ）を開けた。

「いらっしゃい。ごめんね、今週末だと思わなかったから塩焼きそば食べてた」

「そっか。ごめん、来る前に連絡しておけば良かったね」

泰生は中に入ると、鍵を掛けてカーテンを閉める。

――自宅で襲われるパターンの加害者は、ほとんどが顔見知りだぞ。

なぜこんな時に思い出すのか。そんなこと、泰生に限ってあるわけがない。

「泰生くん、おなか空（す）いてる？　インスタントで良ければしょうゆラーメン、とんこつラーメン、担々麺（タンタンめん）、ソース焼きそばがあるけど」

「じゃあ、担々麺をもらおうかな」

コートを脱ぎながら続いた泰生は、いつもどおりの笑顔で応えた。

安堵で頷き、奥へ入る。乱雑なダイニングテーブルの上を片付けて戸棚から担々麺と味噌汁を取り出す。電気ケトルにまた水を追加して、スイッチを入れた。

「体調は大丈夫？」

「うん。もう塩焼きそばを食べられるくらい元気だよ」

泰生は古びた椅子に腰を下ろし、ニットの袖をたくし上げる。幼い頃の姿がふと呼び起こされて、笑った。

「何？」

「小さい頃、そこに座ってた姿を思い出して。ほんと大きくなったね」

子供の頃は座っても背もたれが見えたのに、今はすっかり背に隠されている。

「澪ちゃんは昔からきれいな子だったけど、予想どおりの美人に育ったね」

懐かしそうに目を細める泰生に、袂（たもと）を分かった妹とのやり取りを思い出す。

「今日、暁子が電話かけてきたの。お母さんが連絡したみたいで」

「そっか、大変だったね」

内容を話さなくても、そこだけは分かっている相手だ。

「初めて、胸の内を聞いたの。子供の頃から自分はがんばらないと見てもらえなかったけど、私は何もしなくても見てもらえてたって。暁子の目から見た私は、『なんの苦労もなく欲しいものを与えられてた姉』だったみたい。私の力のことを知らないから、泰生くんはなんにもしてない私を気に入ったって思ってたよ」

知らなければ「ない」のと同じに見えるのは、仕方のないことだろう。ましてや、子供だ。

「ほんとは何かあるのかもしれない」と想像するのは難しい。

「その言い方だと、その力がなかったら澪ちゃんのこと好きになってないみたいじゃない？」

泰生は当事者として口を挟み、組んだ手をテーブルの上に乗せる。

「その力に助けられる前から好きだったよ。あと、助けられたから更に好きになったわけじゃない。苦しんでる俺をどうにか助けようとしてくれた姿に、更に好きになったんだ」

明かされていく恋の内側に、むしり取った担々麵のフィルムを手の内で小さく丸めながら返答を迷う。こういう時は、どう答えればいいのだろう。

「何もできなくても、何もしないではいられなかったんでしょ。俺は勝手に、その思いが力を目覚めさせたんだと今も信じてるよ」

確かにあの時は、助けたくて必死だった。何かできるかなんて分からないまま、手を伸ばした。

「俺を生かしてくれたのは、間違いなく澪ちゃんだ。澪ちゃんはいつも俺が元気でいることを何より望んで、喜んで。それ以上のことは、何も求めなかった」

不穏な色を断つかのように、電気ケトルのスイッチが切れる。広げた手のひらで息を吹き返したフィルムを捨て、次の作業へ移った。

「母親は酒に呑まれながら、俺が力をつけて父親の鼻を明かす日を待ってた。俺が自分に代わって父親に復讐(ふくしゅう)する日をね。いつも見ているのは俺を通した父親で、俺じゃなかった。求めるばかり、奪うばかりで何も与えてくれない人だった。辟易(へきえき)してたよ」

湯気を噴き上げる熱湯を注ぎ入れながら、泰生の人生に張りついた暗がりを聞く。

私が彼女の止まらぬ飲酒を知っていたのは、泰生が話してくれたからだ。あとは誰も、おそらく全てを知っていたであろう祖母や母も、「まるで何も起こっていないかのように」触れなかった。天上界では取り扱いかねる話題だったのだろう。同じく天上界の住人だった、泰生の祖母にとっても。

結局最期まで、泰生は「通院してる」とは言わなかった。つまり、孝松の家は適切な対処ではなく無視を選んだのだ。センバという大企業の一族の妻となった誇らしい娘の挫折を、なかったことにした。私が本当の死因を知っているのも、泰生に聞いたからだ。表向きの理由は自殺ではなく、心不全だった。

「だから、何も求めずただ助け続けてくれた澪ちゃんが、俺は泣きたくなるほど好きだった。同じくらい好きになって欲しくて、気に入られたくていろんなことをしたよ。迎えに行ったり一緒に帰ったり、とにかく喜ぶ顔が見たくてね。喜ばせていれば、俺だけを見てくれるんじゃないかと思ってた」

カウントダウンを続けるタイマーを眺めながら、安っぽい器の中で味噌を溶く。立ち上る香りは少しだけ、胸を救ってくれた。

「でも、澪ちゃんは変わらなかった。だって俺が元気でいればもう、澪ちゃんの願いは叶ってたんだから。でしょ？」

「その辺は、自分では分かってなかったよ。でも、泰生くんは初恋の相手だった。いつも優しかったし、普通に『おめでとう』って誕生日を祝ってくれるのが、本当に嬉しくて」

一足先にできあがった味噌汁を前に置くと、泰生は礼を言って笑む。

「嬉しいな。初めて報われた気がするよ」

「ごめんね、もっとちゃんと言っておけば良かった」

言わなければ伝わらないのに、伝わっていると思っていたのだろう。子供の浅はかさだが、今も似たようなものかもしれない。

鳴り響いたタイマーに、担々麺の蓋を剝いで泰生の前に置く。手を合わせる泰生を眺めながら、向かいの席へ戻った。

「で、暁子ちゃんは？　ごめんね、話の腰折っちゃった」

「いいよ。あとはもう、そんな大したことじゃないの。アメリカに来て愛する人達に囲まれて、今は幸せなんだって。ようやく私に勝てたと思ったら、急に私がかわいそうになって電話したみたい」

「相変わらずだね」

泰生は、赤く染まる担々麺を吹き冷ましたあと、豪快に啜った。

「言えなかったこと言えてすっきりしたかって聞いたら『そういう気取ったところも嫌い』って言うから、私も『何言っても素直に謝れば許されると思ってるその傲慢さが嫌い』って言い返して切った。多分、もう二度とかけてこないよ」

「そっか。言い返したの初めてじゃない？」

「うん。びっくりしてたよ、『言い返せない』んじゃなくて『言い返さない』だけだったのに」

乾いて硬くなった麺をほぐし、口へ運ぶ。ぼそぼそとした麺を嚙み砕いて、少し冷めた味噌汁を飲んだ。

「でも、暁子の思ってたことが知れて良かったよ。私に劣等感を抱いてたなんて、全然気づかなかったから。完璧な大人はもちろん、子供なんか存在しないって分かってるはずなのに、私の中では暁子はずっと『みんなから愛される完璧な妹』だった。で、暁子の中では私はずっと『何もしなくても全てを与えられる姉』だった」

「俺は？」

泰生は短く尋ねて、湯気を浴びながらまた麵を啜る。大盛りではないから、もう食べ終わりそうだ。

「『ちょっと抜けてるところはあるけど、すごく優しい子』だった。鷹揚でね」

頷きながら答えた私に、口を拭って小さく笑った。

「何？」

「いや、ちゃんと見てくれてたんだなと思って。見せたいところだけを」

最後に引っ掛かり、麵を咥えたまま視線を上げる。

「今日、ホテル取ってないんだ。泊めてよ」

――澪ちゃん、ずっと一緒にいようね。約束だよ。

あの時、私はそれをどんな表情で受け止めたのか。泰生は昏い目で笑み、麵の残りを掻き寄せる。だめだ、やっぱり怖い。

「それなら、泊まって。私は家に帰るから」

二度目に浮かんだ感覚をごまかせず、強張りそうな表情を隠して腰を上げる。逃げるように、空容器を手にシンクへ向かった。

「冗談だよ、ちゃんと取ってある。これ食べたら行くよ」

訂正の声に安堵した時、手が背中を撫でる。気配なく近づいた影は、ゆっくりと腕を回して私を抱き締めた。

「好きだよ、澪ちゃん。澪ちゃんが思うよりずっと」

少しずつ下りてきた顔が、首筋に温かい息を吐き掛ける。指に伝う水が、小さく跳ねた。触れた唇に身を捩り、腕を振り解いて逃げ……られるわけもない。

「ごめん。もう帰るから、逃げないで。今飛び出したら危ないよ」

摑まれた腕に涙目で振り向くと、泰生が苦笑で詫びる。ゆっくり離れた手に溜め息をつき、震える指で滲んだものを拭った。

泰生は蛇口を締めてテーブルへ戻り、容器と箸を手に再びシンクへ向かう。警戒心を捨てられず距離を取る私に構わず洗い終えて、タオルで手を拭った。

「じゃあ帰るよ、ごめんね」

ニットの袖を下ろし、コートとバッグを手に表へ向かう。

「明日も来るけど、いやなら追い返して。好きだから、何もしないなんて嘘はつけないし」

泰生はコートを羽織り、カウンターより先に行けない私に告げた。どう答えればいいのか、まだ気持ちの整理が追いつかない。守られない一人は、こんなにも心細いものだったのか。

離された手の重みを今更思い知って、唇を噛んだ。

「じゃあ、俺が出たらちゃんと鍵掛けてね。おやすみ」

私の動揺を掻き回すことなく、泰生はあっさりと暗がりの中へと消えて行った。

すぐには近づけず、少し待ってから施錠に向かう。きちんと掛かったのを確かめてカーテンを閉め、長い息を吐いた。

泰生のことは嫌いではない。ただ時々、なんとも言えないものを醸し出すのだ。どこか底の見えない、得体が知れない感じを。

暗がりへ向かう思考を断つように、携帯が着信音を鳴らす。びくりとして取り出すと、母からだった。無視したかったが、多分妹の援護射撃だろう。この際、母にもはっきりと言っておく方がいい。気合を入れるように肩で息をして、通話ボタンを押した。

しかし母が告げたのは、妹などまるで関係のない「私と泰生の縁談」だった。泰生はここへ来る前に、実家で外堀を埋めてきていた。

「私、まだ離婚してないんだけど」

「でも、するんでしょう？　折辺さんにはそう伺ったけど」

それを言われると、言葉に詰まる。既に離された手を断ち切れないでいるのは私だ。ユキエの執着を断つために判を押してくれたのに、台無しにしているのは分かっている。でも振り返ったこの二ヶ月ほどは、この十年の中で一番夫婦らしかった。これまでしなかった会話をして、真志の内面にも触れた。もちろんいいことばかりではなかったし迷いもあるが、それでも。

——夫である前に人間として、俺はお前を信用してる。お前は、大丈夫だ。

あと一度だけなら、信じてもいいのではないだろうか。

「あなたまさか、この期に及んでまだご迷惑をお掛けしてるの?」

「そうじゃなくて、いろいろあるの。だから、今は」

「いつまでそんな駄々を捏ねているの。とにかく、早く帰っていらっしゃい。一から教え直して、せめて泰生くんに相応しい妻として送り出さないとお里が知れるわ」

いつもの母らしい面倒臭さに、溜め息をつく。今時「お里が知れる」なんて、どこの誰が使うのか。

「いいよ。なんでいちいちそんな大仰にしようとするの?」

「大仰じゃないでしょう、次の社長となる方よ? あなたはその隣に」

「ちょっと待って、『次の社長』ってどういうこと? 弟さんは?」

気になる表現に驚いて尋ねると、母は深い溜め息をつく。

「あなたは本当に、昔から自分の世界に没頭してばかりで」

「説教はあとでいいから、何があったのか教えて」

再び遮って要求した私に、本当にもう、と母は後ろめたそうな間を置いて口を開く。初めて聞いた内容に、凍った。

六、あなたに知られる前に

黒々とした障りに呑まれた真志が姿を現したのは、十二月最初の金曜だった。

店のドアを叩く音に怯えながらカーテンを引いたらどす黒い障りが見えて、思わず小さく悲鳴を上げてしまった。

「新しい現場にでも入ったの？」

「いや、書類仕事をこなしながら例の件を追い掛けてただけだ。月曜辺りからじわじわ来てるのは感じてたけど、今日の仕事終わりにお前のあれが切れた。その瞬間から、このザマだ」

苦しげに息を吐く真志に肩を貸して作業場まで連れて行き、迷わず障りの泥濘へと手を突っ込む。

――分かったよ、しばらく来ない。会いたくなったら連絡して。

縁談を勝手に持ち込んだことを理由に会いたくないと告げた私に、泰生はあっさりと踵を返して出て行った。あれが、先週土曜の夜だ。

片手では追いつかない状態に両手を背中に押しつけ、しぶとく真志を包もうと蠢く障りの消滅を祈る。

――亡くなったのよ、十歳くらいで。お義母様もその数年後、だったかしらね。

真志の姿を見た時から、アラートのように母の声が脳裏で繰り返されていた。

まさか、そんなわけはない。そんなことができる子じゃないのは、私が一番よく知っている。こんなことをするはずが。

――澪ちゃん、ずっと一緒にいようね。約束だよ。

障りに蝕まれていったあの子達は、私のせいではなかったのか。

両手でも追いつかない増殖に、真志が呻いて姿勢を崩す。だめだ、このままだと負けてしまう。唇を嚙んでしぶとく残る思いを断ち切り、腹に息を落として覚悟を決めた。

これが死者の念でなく私に消せるものでないのなら、残された道はこれしかない。

「戻れ！」

うねる障りを見据えて言い放った初めての言葉に、澱みがふっと緩む。次の瞬間天を衝くような勢いで噴き上がり、砂塵のように散った。

ああ……本当に、「そうだった」のか。

震える息を吐いて、真志の背に凭れる。溢れ出るものを堪えきれず嗚咽を漏らす私を、久し振りの腕は何も聞かずに抱き締めた。

ひとしきり泣いて落ち着いたあと、ようやく障りの消えた真志と向き合う。でもいつもの様子とは違う、迷いと憔悴が透けて見えた。

「どうしたの？　いつもと違う」

「あれが憑いてたせいだろ」

洟を啜りながら尋ねた私を、真志は鼻で笑う。

「もう消えたから違う」

「お前と別れたからじゃねえのか」

「違う。私のことじゃ、あなたはこんな風にはならない」

たとえろくに会わなくても、十年も妻をしていたのだ。自分にそんな力がないことは、誰よりも分かっている。言い切って見据えた私に、真志は眼鏡を外して眉間を揉んだ。

「仕事、クビになりそうなの？」

「不吉なこと言うな。そうじゃねえよ、ただ」

言葉を濁したあと、眼鏡を掛け直して長い息を吐く。

「こんな話、お前以外にはできねえしな」

諦めたように零して、ネクタイを緩めた。

「釜茹で事件の釜、仕入先を息子に聞いたんだよ。被害者には、昔から古民具の収集癖があったらしくてな。まともに交渉して譲り受けてくるならいいけど、ゴミ捨て場や解体現場から勝手に持ち帰ってトラブルになったこともあったらしい。仕入帳を探して見てもらったら、四年前の『K、T県山奥で拾得。傷入れ』がそれじゃないかって。『K』が釜、『T県』はうちだな。『傷入れ』ってのは、息子が言うには来館者に盗まれないよう一部を汚したり傷をつけたりすることらしい」

「拾得って、要は勝手に持って帰ったってこと？」

イニシャルにするくらいだから、後ろめたさがあるのだろう。それなら仕入帳に記載しなければ良かったのに。まあ、そのおかげで私達は助かったわけだが。

「だろうな。あんなでけえもん、昼間にふらっと行って誰も見てねえうちに持ち帰るってのは無理だ。噂を聞いて下見して準備整えて、夜こっそり盗んだんだろ」

「普通に、交渉してもらえばいいんじゃないの？」

「交渉したらタダでもらえなくなる可能性もあるし、断られた時に盗んだら足がつく。経験で学んだんだろ」

いがらっぽい咳をした真志に気づいて腰を上げ、冷蔵庫へ向かう。

「でもそれで、『よし盗もう！』ってなる？」

「なる奴がいるから警察がいるんだよ」

確かにそうか。ドアポケットから紙パックのトマトジュースを引き抜いて戻り、差し出す。

真志は鼻で笑って受け取り、ストローを差し込んだ。

「で、古材の出処の方だけどな」

飲み終えた紙パックを握り潰して切り出し、溜め息をつく。

「業者のファイルを漁って四年前の仕事をチェックしたら、同じ時期に隣町の山奥で民家の解体作業を請け負ってた。社長も数日前に市内で引っ捕まえてな」

「市内にいたの？」

ひしゃげた紙パックを受け取りながら、驚いて聞き返す。こんなところに、人を殺そうとした人間が潜んでいたのか。どこかですれ違っていたかもしれないと思うと、ぞっとする。何もしなければ何もされない、は必ずしも正解ではない。

「女に会いに来たとこを押さえた。通報があってな」

「その女の人から？」

「そうだ。三歳の子供がいるシングルマザーでな。匿ったのがバレたらしょっぴかれるから、男より子供を選んだんだ」

ああ、と選択の理由に納得して頷く。たとえ犯人が子供の父親であろうと、そこは蹴り出すところだろう。

「男の方は、呆然としてたけどな。まさか裏切られると思ってなかったんだろう。おかげで『思い出させる』のも楽だった。件の解体作業で出た高く売れそうな古材を数本、売っ払ったのを認めたわ。釜が勝手に消えてぞっとして、数本だけにしたんだと。一つの卸業者にまとめて売ってたから、ほかに被害はなさそうだ」

「四年前なのに、よく覚えてたね」

解体の仕事が年に一件なんてことはないだろう。釜が消えていたにしても、四年前の解体をそんな鮮明に覚えていたのか。

「三十年前に、一家三人が熊に襲われて死んだ曰くつきの家だからな。両親と息子が、裏山から下りてきた冬眠前の熊に食い殺された」

あの男性と声だけ聞こえた女性、そして「ヒロム」か。その頃にはもう、ユキエは殺されていたのだろう。でも、それなら。

「ユキエさんのことは、どう扱われてたの？」

当然、気になるのはそこだ。完全犯罪が行われたにしても、ユキエの姿がないのを夫や周囲はどう納得したのか。

尋ねた私に、真志は表情を苦しげに歪めて俯く。憔悴の原因は、そこにあるらしかった。

やがて口を開いた真志は、久し振りの名前を口にする。真志の情報源かつ私と付き合う前の彼女で、私と付き合うために捨てられたあと、残忍な方法で殺された女性だ。改めて思い出せば、胸が冷える。

「エリの話をした時に、『不祥事を起こしても出世できるのか』って俺に聞いたの覚えてるか」

「ああ、うん」

「あそこで繋がってるのがバレたら、この早さではまず無理だった。俺の代わりに、被ってくれた人がいたんだよ」

重い口ぶりに思い浮かんだのは、苦虫を嚙み潰したような表情の刑事だ。

「もしかして、伏丘さん？」

「ああ。エリが殺されたって分かった時に相談したら、『俺に任せてお前は口を開くな、俺はあと数年で定年だから』って言われてな。俺の代わりに処分を受けた」

そんな身代わりが可能なのか私には分からないが、真志が今警部補なのが「可能だった」証拠だろう。真志は障りを背負っていないのに具合悪げに姿勢を崩し、顔をさすり上げて息を吐いた。

「その頃、よく言われてた。『お前は俺と似てるから気をつけろ、嫁に逃げられるぞ』ってな。自分は若い頃に嫁に逃げられてそれきりだと言ってた」

まさか。ようやく繋がった鈍い頭で、真志を見つめる。

「三十年前に熊に襲われた家は、伏丘さんの実家なんだよ」

「じゃあ、あの人の奥さんがユキエさんだったの？」

「多分、そうなんだろうな」

真志は暗い声で答え、更に背を丸めて頭を抱えた。やはり、「わたしといっしょ」はそういうことだったのか。よく似た刑事の夫に、放ったらかしにされている妻。

「ユキエさんが殺されたって、家族が殺したって、知らないの？」

「聞かないといけねえんだろうな、全部」

低いところから、声は苦しげに漏れる。初めて見るどん詰まりの姿に、手を伸ばす。頭を抱えたまま動かない手に、そっと重ねた。

「私も、一緒に行っていい？　ユキエさんが会いたがってるし」

控えめに尋ねると、少しの間を置いて頭が起きる。

「なんでまだ憑いてんだ」

「あっ」

しまった、つい。

失言に気づいて口を押さえた私を、鋭い視線が刺す。万事休す、か。

「ごめんなさい。まだ、出して……ません」

ぼそぼそと白状すると、険しい表情が驚きに変わる。この数ヶ月の関わり方で迷いが出た、と言い訳が浮かんだ時にはもう、腕の中にいた。

「あのタイミングで出してねえんなら、俺はもう無理だぞ」

熱っぽい声に目を閉じ、長い息を吐く。腕は抱き締め直して、力を込めた。

「帰ってこい」

絆(ほだ)されそうになるものを抑えて、薄く目を開く。

「それはまだ、ちょっと怖い。信じたいし、信じようとしてるけど。『信じてる』って、あなたみたいに言い切れない」

昔は、どうやって信じていられたのか。少しずつ疑うことに囚(とら)われて、今は抜け出せなくなってしまった。

「もう少し、この距離でいさせて」

「仙羽とは、どうなってる」

真志が、少し硬い声で問い質すように聞く。途端に傷口を開く胸に、溜め息をついた。

「実家に縁談を持ち込まれて外堀埋められたけど、それを理由に『会いたくない』って言ってからは会ってない」

でも、このままではいられない。決着をつけなければ、私達は終われないのだ。

「二度と会うな」

「でも」

「会うな」

短く繰り返された禁止に、仕方なく頷く。もしかしたら、会わないようにしなくても「会えなくなる」かもしれない。もう、二度と。

沈む一方だった意識を引き戻す感触に、視線を上げる。

「何してるの」

「いいだろ、手が勝手に動くんだよ」

服の下を這う手が、冷えた空気を内へ呼び込む。小さく身震いすると、寒いか、と当たり前のことを聞いた。

「寒いし、作業場だし」

「二階ならいいのか」

「そういうことでも、ないんだけど」

言い終える前に抱え上げられた体に、諦めの息を吐く。こうなったら、もう無理だろう。

「単身赴任中も、したい時しか帰ってこなかったしね」

「そうじゃねえよ」

真志は私を担いだまま狭い階段を上がりながら、否定する。

「あれは、仕事に侵食されすぎてどうでもいいもんまで疑うようになったら帰ってたんだよ。コンビニ入って、そこにいる人間が全員なんかの容疑者に見えるようになったらな」

それももちろん、初めて聞く話だ。

「お前の顔見て障り取ってもらって、抱いたらリセットできた。憑いてるもんのせいもあったんだろうけど、帰った日と戻る日の手の温度が違ってな。初めて気づいた時は、冷血だの血が通ってねえだの言われんのも仕方ねえと思ったわ」

皮肉っぽく続いた内容に、視線を落とす。でも「捜査のためならなんでもする」から、私達やほかのもっとつらい思いをした被害者が救われたのかもしれない。うちは売上金数万の被害だったが、命を傷つけられた人だっているはずだ。間違った方法でも、あと一歩踏み出せば救えるのなら。どうなのだろう、私には答えが出せない。

真志は黙った私を連れて部屋に入り、常夜灯の下で組み敷く。逃げるわけもないのに、強く握られた手首が痛い。

「そんなに力を入れなくても、逃げないよ」

緩んだ拘束から抜け出し、真志の眼鏡を外す。触れた頬が温かくて、ほっとした。引き寄せた手に体は素直に崩れ、重みが重なる。シャツ一枚になった寒々しい背を抱き締めた。

「私、あなたに『好き』って言われたことないの、分かってると思うけど。あの手この手の表現で言い換えて一度たりとも言われたことないの、分かってると思うけど」

「二度も言わなくても分かってる。苦手なんだよ」

うんざりしたように言い返されるのも、分かっていた。

「だから、ちゃんと口にしてくれる人に揺れるのかと思ったんだけど」

溜め息交じりに零すと、胸の辺りまで下りていた頭が戻ってくる。常夜灯の下でも分かる目つきに苦笑して、頬を包むように触れた。

確かに揺れはしたが、揺れてみて分かったこともある。思い知ったと言うべきかもしれない。金と贅沢では埋められなかったあの穴は、優しい言葉と愛情でなら満たされるものだと思っていた。でも、それだけではだめだった。

「あなたに言われないと意味がないの。私が好きなのは、あなただから」

少し震えた語尾を吞み込み、じっと見つめる。真志は長い息を吐いて、また体を崩した。

「相変わらず、根こそぎ持ってくな」

「言わない方が良かった?」

再び下りていきながら、服の下に手を滑らせる。脱がさないのは、寒がったからだろう。

「どうだろうな。どのみち、もう俺に離婚の選択肢はねえよ」

「離婚届、私が持ってるけど」

「出しても受理させねえようにできる」

腹を温める息に、少し伸びた七三を崩す指先を止めた。そんなことができるのか。

「職権濫用？」

「そんな権力ねえよ。あるんだよ、そういう制度が。養子や結婚、離婚なんかの一方的な届け出を防ぐためにな」

確かにストーカーが勝手に婚姻届を出したり、浮気相手と結託した夫もしくは妻が離婚届を出したりする可能性はあるだろう。

「じゃあ、浮気して妻にバレた人は利用した方がいいんだね」

「してねえぞ」

思いついたシチュエーションを口にしただけだったが、真志は我が身のこととして否定する。そういえば、そこが絡まったままだった。

「その話だけど、私、勘違いしてたよ。ユキエさんの『わたしといっしょ』は夫が刑事で自分を放ったらかしにしてるってことだったのに、最初の頃はお風呂で亡くなったあの女性と一緒って解釈して浮気を疑ってた」

たくし上げられたスカートに、小さく震える。やっぱり、寒くて無理だ。待って、と体を起こして押し入れに向かう。

「まあ、心情的には限りなく黒に近いグレーだけど」

「してねえ」

背後の声に苦笑しながら襖を引くと、ユキエの生首と目が合う。驚いて短く息を詰めた私に、ユキエは薄く笑んだ。

「わ、たしと……いっ、しょ」

呟くように零したあと、大人しく消える。まるで、嘲笑うかのような。

「どうした」

後ろから絡んだ腕に、詰めていた息を吐く。

「なんでもない。もう、ちゃんと敷いてしまおうかと思って。あなたは」

「泊まってく。明日、一緒に伏丘さんとこに行けばいい」

首筋に触れる唇から逃げたくなることはないが、割り切ったはずの迷いが蘇る。

「待って、布団」

「次からでいいだろ」

私とは違う迷いのない手で歪められる胸に溜め息をつき、目を閉じた。

初めての告白は、意識が途切れそうになる頃に小さく聞こえる。ずっと聞きたかった言葉に、汗ばんだ体を抱き締めた。

――わ、たしと……いっ、しょ。

耳に残るユキエの声は警告のように聞こえたが、振り向いても戻る道はもう、見えない気がした。

翌日、約束を取りつけた真志と共に伏丘の家へ向かう。

「伏丘さんは、姪と二人暮らしでな。昔、例の事件のあと出てきた兄の子供を引き取ったって聞いたことがある。認知してなかったから、いろいろ大変だったらしい」

ハンドルを操りながら、いつもよりきっちりとスーツを着込んだ真志が伏丘について語り始める。

「そのお兄さんが、ヒロムさん？」

「当時の記録ではそうだな。印象が違うか？」

「ううん。ユキエさんのことも物みたいに扱ってそうだったから、さもありなんって感じ」

丁重に扱う人間ならユキエがあんなにいやがることも、怪我を負わされるようなこともなかっただろう。

「ただ内容が内容だし、私は必要な時まで口を挟まないよ。あなたが進めてね」

いきなり押し掛けてユキエの幽霊だのなんだの言ったところで、夫婦まとめて不審者扱いされるに決まっている。

真志は、ああ、と答えて次の角を曲がる。伏丘の家は市街地を出てしばらく、隣町へ向かう道の途中にあるらしい。住宅より緑が増え始める辺りだ。小学校や公園も見えるから、子供は育てやすい場所だろう。

「ここだな」

まばらに並ぶ民家の一番端に視線をやり、隣の空き地に車を止める。車から降りて確かめた家は、モルタルの壁もくすんだ小さな一軒家だった。

「ここにユキエさんも住んでたのかな」

「いや、若い頃は市街地に住んでたって言ってた。姪を引き取ってから買ったんじゃねえか」

頷いて、家へ向かう背に続く。真志の手には、一升瓶を入れた袋が握られていた。

芝生も枯れた小さな前庭を左右に眺めつつ玄関へ辿り着く。脇に植えられた山茶花は、鮮やかなピンクの花をいくつも咲かせていた。

真志がチャイムを押すと、すぐにドアが開く。

「あらあ違った、お客さんだわ、藍子ちゃん。なら、帰るわ」

驚いた私達を確かめて、老婆が奥へと声を掛けた。気をつけてね、と明るい声を背に受けて、代わってドアを預かった真志に礼を言って外へ出る。

「どうもどうも、お邪魔さんでした」

手編みと思しきニット帽を被った頭を小刻みに下げて、帰っていった。

「すみません、どうぞ。近所の方が野菜を持って来てくださって。折辺さん、ですよね？」

聞こえた詫びに視線を戻し、玄関へ入ったあと改めて挨拶を交わす。藍子は三十を過ぎた頃か、ショートカットのよく似合うこざっぱりとした女性だった。

招き入れられて玄関を上がり、案内でリビングへ向かう。

「叔父さん、喜んで昨日からずっと折辺さんの話ばかりしてたんですよ。あの歳で警部補なんて一握りだって」

「伏丘さんのご指導あってのことですよ。私に刑事のいろはを叩き込んでくれた人ですから」

よそいきの顔に同席するのは結婚の挨拶以来か、猫を被った姿には慣れない。

「それも言ってました、俺が道つけてやったんだぞって誇らしそうに。折辺さんは、自慢の後輩なんですよ」

だからエリの一件でも、真志の身代わりになったのだろう。あそこで挫折していれば、今とは違う人生を歩んでいたかもしれない。どちらが良かったのか。

藍子は伏丘を呼びながらリビングのドアを開ける。向こうで、ああ、と声がした。

「よく来たな、折辺」

「ご無沙汰してます。昇進の報告に来ようと思ってたんですが、遅くなってしまってすみません」

「気にするな、忙しくしてるんだろう。で」

ソファから腰を上げた伏丘は、笑顔で真志に答えたあと私を見る。十一年前は険しかった顔つきが、驚くほど穏やかになっていた。肝臓の悪そうな顔色は気になるものの、まるで憑き物が落ちたかのような変わりようだ。

「ご無沙汰をしております。その節は大変お世話になり、ありがとうございました」

「こちらこそ、折辺が世話になってるようで。まあ、どうせこいつのことだから、仕事仕事で放ったらかしてるんだろうけど」

「勘弁してください、連れ戻したとこなんです」

痛いところを衝かれて、真志は私が事実を口にする前に白状した。

「やっぱり逃げられたか、お前も」

「もー、笑いごとじゃないよ。私だって結構根に持ってるんだからね。奥さんなら尚更だよ」

くすんだ歯を見せてからからと笑う伏丘に、藍子は私達にソファを勧めながら口を尖らす。

「叔父さん、私を引き取ったはいいものの満足に世話できなくて、近所の人達に頼りっぱなしだったんですよ。さっき来てたおばあさんは、そのうちの一人なんです。本人は学校行事なんかにもぜんっぜん来なくって」

「悪かったって言ってるだろ。ほら、茶を頼む」

伏丘はバツが悪そうに返して藍子を促し、再び向かいのソファに座った。

「悪いな。しゃきしゃきしたばあさん連中に育てられたもんだから、負けん気が強くて。三十過ぎたのに、まだ貰い手がねえんだよ。黙ってりゃ器量は悪くねえのになあ」

ドアが閉まるのを待って、ぼやくように言う。

「うちに、忙しすぎて婚期逃しそうな若いのが残ってますけど」

「いや、あいつに刑事の嫁は無理だ。ぎゃんぎゃん文句言って責め立てるから、余計帰ってこねえようになる」

言わなくても、全く帰ってきませんけどね。

笑みで隣を見上げると、真志は眼鏡を外して眉間を揉んだ。

「この話題はやめましょう。俺が血を吐きます」

「弱えなあ。まあ、拝み倒して来てもらった恋女房だ。俺みたいに逃げ切られねぇように大事にな」

核心に触れた言葉だったが真志は踏み込まず、「肝に銘じます」と殊勝なふりで流した。

しばらくして茶の支度と共に戻ってきた藍子を交え、当たり障りのない話で盛り上がる。ほとんどは藍子の伏丘に対する愚痴だったが、からっとした口調に湿度はなく、聞いていても暁子のように傷つくことはなかった。

「じゃあ、悪いがちょっと」

「いえ、妻も同席でお願いします」

やがて切り出した伏丘に、真志は遮るように返す。伏丘は驚くように私を見たあと、藍子だけを出て行かせた。

「見せびらかすために連れてきたんじゃなかったわけか。まあ確かに、お前は見せびらかすより」

「やめましょう」

再び遮った真志に笑い、伏丘はポケットから煙草を取り出す。最初の煙を吹く頃には、あの頃を思い出す顔つきに戻っていた。

「で、なんだ」

「九月上旬に、女性が風呂で死亡した案件を担当しまして」

「ああ、旦那が自殺で決着したヤツだろ。あれ、お前だったか」

「はい」

答えた真志に少し目を細め、柄悪くまた煙を吐く。まるで関係のない私まで居住まいを正すほど、空気がひりついた。

「ちっと手え回すのが遅かったな」

「すみません。ただ、あれは夫が犯人じゃないんです」

張り詰めた空気を裂くように、真志は単刀直入に告げる。伏丘は驚いたような表情を浮かべたが、すぐ煙草に戻って促す視線を真志に投げた。

「あの事件は最後まで給湯システムの事故と事件の両方で捜査を続けましたが、それはどちらであっても不可解な点があったからなんです。そこで給湯システムを調査したセンバの技術者が、二年前に熱湯による死亡事故を起こしたメーカーにヒントを求めて問い合わせをしました。その結果、奇妙な点が一致していることに気づいたんです」

伏丘は頷くだけで応え、ローテーブルの下から取り出した灰皿で煙草を弾く。分厚そうな爪が黄色く染まっているのは、煙草のせいだろう。ずんぐりとした指だった。

「どちらの件でも、被害者は首吊り用の紐を準備してから風呂に入り、熱湯で煮られて死んでいました。一方で俺は、四年前に起きた、男性が同じように釜で煮られた事件を思い出して調査しました。切り刻まれて民俗資料館の釜で煮られていたものの、釜の外で血痕が一切見つからなかったお蔵入りの案件です。そちらも、やはり首吊り紐を準備したあとで死んでいました」

「共通点があったってことか」

　今年六十七だと聞いたが、さすがの貫禄だ。おかしいだのなんだの騒がないのは、伏丘自身にも経験があるからだろうか。

「はい。九月と二年前の事件の現場となった家屋に使われていた古材の一部、四年前の事件は解体現場から盗んだ釜、これらの出処が同じでした」

「どこだ」

「伏丘さんの、ご実家です」

　真志の答えに、煙草を咥え掛けた指が止まる。一瞬真志に流れた視線は、睨むようなものに見えた。

「先日、ご実家の解体作業を請け負ったとこの社長を殺人未遂でしょっぴきました。その時に問い質して吐かせたから確かです。古材を横流しして、小遣い稼ぎしてたんです」

「跡形も残すなと言ったのに」

　溜め息交じりに零してちゃんと咥え、また溜め息と共に煙を吐く。

「で、それが旦那が犯人じゃねえ理由にどう繋がるんだ」

　煙草を挟んだ指先で額を掻きつつ、真志に尋ねる。私へ視線を向けた真志に頷き、つばを飲んだ。

「ここからは、私がお話しします。大変不躾ですが、奥様に『逃げられた』というのは、本当ですか」

「本当だ。仕事にかまけて放ったらかしにしてたら、逃げられたんだ。三十年前にな。まだ帰ってきてねえし、もう帰ってこねえだろう」

「ユキエさんは伏丘さんのご実家でみんなに暴力を振るわれながら、最後まであなたに迎えにきて欲しいと願っていたのでは？」

逃げられた夫の顔で流そうとした伏丘に、事実を突きつける。伏丘は、はっきりとした驚きを浮かべて私を見据えた。

「夫が、九月の事件現場から連れて帰ってきたんです。ユキエさんは、もうとっくに亡くなっています。伏丘さんのご家族が」

そこまで口にした時、何かに勢いよく背を突き飛ばされて前につんのめる。手を出したはずなのに何にも触れられず転がって、目の前が一瞬暗くなった。

「……どうして、来てくれなかったの。私があんなに苦しんで、何度も迎えにきてって、電話したのに」

私ではない女性の声に目を開くと、さっきより近くに強張（こわば）った伏丘の顔があった。驚いて振り向くと真志と、その隣に私がいた。いや、私ではない。姿形は私だが、もっと物憂げで生気を感じられなかった。

「澪子！」

「奥さんには、少し出てってもらった。返して欲しかったら、私をあの家があった場所に連もっともな問いを投げた伏丘を、ユキエは力のない昏い目でじっと見つめる。

「私を山瀬から助け出してくれた時は、本当に感謝した。もう一度、人生をやり直す機会を与えてくれて。でも結局、ろくでなしの種類が変わっただけだった。金を搾り取る男から、命を搾り取る男に。私がどんな風に死んだかは知らなくても、死んだのは分かってたでしょ。誰が、殺したのかも」

淡々と語られる話は、二人しか知らないことなのだろう。伏丘は歪めた表情を隠すように顔をさすり上げる。ユキエの隣で、真志も背を丸めて頭を抱えた。刑事が殺しを見逃したのだから、当然だ。

「話してあげるから、全部。だからあの場所に連れて行って。じゃないと、この人も私と同じように」

「連れて行く！　連れて行くから、返してくれ」

弾かれたように顔を上げて訴えた真志にも、ユキエは冷めた表情を変えなかった。

「かわいそう、奥さん。こんな男が食いものにしていいような人じゃないのに」

嘆息交じりに返したあと、憐れむように私を見る。私が、見えているのか。

「ユキエさん」

「行きましょ」

「本当に、ユキエか？」

れて行って」

私を見据えたまま腰を上げたユキエを、私のものではなくなった体を、じっと見上げた。

腰を上げた真志にユキエが続き、最後に煙草を消した伏丘がのろりと行く。私達を出迎えた時の穏やかな笑顔とも刑事に戻ったかのような人相とも違う、憔悴しきった顔だった。

伏丘は階段から二階にいるらしき藍子に「ちょっと出てくる」と告げ、玄関へ向かう。はーい、とどこかから答えた声に、ユキエは足を止めて上を見た。藍子も、許せないのだろうか。

「やめろ、あいつは関係ないだろう」

表情を変えて戻ってきた伏丘を、ユキエは黙って見つめる。

「悪いのは、俺だ」

伏丘は低い声で告げたあと、また玄関へ向かう。ユキエはもう一度見上げたあと、大人しく続いた。藍子はヒロムが、熊に殺される前に誰かを嬲(なぶ)り殺していたなんて知る由もない。ただ、「かわいそうな父親」に思慕を抱く藍子にユキエが複雑なものを抱く気持ちも、分からないではない。

ふわふわとその最後に続いて玄関を出たところで、ユキエが足を止めた。

「鉈(なた)を貸して」

ユキエの要求に、男二人が固まる。早く、と催促する声に、伏丘は庭の奥にある古びた物置を開けた。手にして戻ってきたのは、柄の白木もまだ新しい、冴(さ)え冴(ざ)えとした刃の鉈だ。

「その人は傷つけるな。何も関係ないだろう」

渋る伏丘の手から鉈を奪い取って、ユキエは薄く笑む。伏丘に辿り着くために、もう無関係な人間を四人殺しているのだ。今更、躊躇うとは思えない。

「行きましょう、伏丘さん」

促す真志に、伏丘は俯いてまた歩き出す。肩を落とす丸いその背を眺めながら、ユキエの隣を浮いて進む。救われて欲しいと思ったが、どうすればいいのかは分からなかった。


真志の車に全員が乗り、伏丘の実家があった場所へと向かう。助手席の伏丘は今何を考えているのか、真志が道を尋ねる時にだけ口を開いた。

「私は、この近くにある造り酒屋で生まれた。父方の曾祖父母と祖父母と両親、子供は四人で私は長女だった」

後部座席で口を開いたユキエを、伏丘が一瞥する。疑ってはいなくても、信じきれないのだろう。死者が乗り移って、話しているのだ。

「私が生まれた翌年に長男である弟が生まれて、私はすぐに放ったらかしになった。寂しくて、なんとか親に見て欲しくて、今思えば健気にがんばってた。それでも誰もこちらを見てくれなかったけど、ようやく私をまともに見てくれる時が来た。高校を出て、店で働き始めた時に」

ユキエは膝の上で鉈を握り締めたまま、自分の人生を語り始める。

「私は店の手伝いができるよう商業高校に行って、簿記や必要そうな勉強をした。その知識を活かして、慣例的に続いていた無意味な習慣を少しずつなくしていった。結果、仕事の効率が上がって、いろいろうまく回るようになった。県にも売り込めて、特産品として紹介してもらえるようになって、傾きかけてた経営も持ち直した。でも」

一つ息をついて、物憂げに窓の外へ視線をやった。確か、その辺には酒蔵があったはずだ。今は我が県を代表する地酒になって、空港の売店にも置かれている。

「大学を卒業した弟が入ってから、また傾き始めた。目新しい、変わったことをしたがって、私が反対しても祖父母も親も賛成しかしなかった。後継ぎはお前じゃないんだと。でも弟は、うまくいってるように見せ掛けるために赤字を借金で補塡しようとした。会社の名義で借りたらバレるから、個人の名義で。だけど、会社の赤字が個人の借金で埋められるわけがない。そんなことも分からないボンボンだったから、すぐ悪い金貸しに引っ掛かった。それが、山瀬だった」

弟の借金のために、苦しんだのか。

「私は、泣きついてきた弟を助けるために」

「言わなくていい」

伏丘はユキエの話を遮り、俯いて緩く頭を振る。

「山瀬はその頃、俺が追ってるヤマに関わってた奴だった。山瀬をしょっぴいた時に保護して、そのままでは家に帰せない状態だったから、俺が連れて帰って世話した。でも元気になったら、すぐ帰すつもりだったのが惜しくなった。勘のいいとこが良くてな。だから『迎えに行く』って一旦帰して、改めて迎えに行って嫁にしたんだ」

ユキエは視線を伏せたまま、黙って伏丘の話を聞く。昔のことを思い出しているのかもしれない。その約束が果たされたことを、後悔しているのだろうか。

「ただ俺は、刑事と被害者の関係をどっかで引きずってた。『助けてやった女』って頭を切り替えられなかった。事件の後ろめたさがあって、ユキエが俺に気遣ってるのも知ってたしな。それで、実家に行かせた」

訥々と語る伏丘の口調は、どこか諦めたようでもある。腹を括ったのだろうが、その結末はどうなるのか。ユキエの膝で、鉈の刃は相変わらず輝いていた。

「俺の実家は、昔は林業と炭焼きで栄えた家だったらしい。山をいくつも持って、下働きを何人も抱えるお屋敷だった。でも林業が衰退してからは、食っていくだけで精一杯の有様でな。俺が生まれた頃にはもう、無駄に広い屋敷が残ってるだけだった」

確かに、あの映像で見た屋敷は、古いが立派なものだった。庭も広く、美しい花が咲き乱れている季節もあった。中の不穏さを知らずに足を踏み入れれば、ただ酔い痴れていられただろう。

「俺も二人兄弟でな。二つ上の兄貴は跡取りだってんで甘やかされてて、俺は放ったらかしだった。でも俺は自分の好きにしたい性質だったから、それがちょうど良くてな。進学にも警察官になるのにも興味を持たれなくて、楽で仕方なかった。ただ警察官になって数年経った頃、兄貴がスキー中に大怪我して右手に障害を残した。酒飲んで滑って飛んで、コブに叩きつけられたらしい。自業自得でしかねえけど、そこは我儘育ちでプライドの高い坊っちゃんだからな。ちゃんと動かねえ右手を見られたくねえって仕事を辞めて、家でふんぞり返るようになった。その皺寄せが、俺に来たんだ」

　ハリボテの平和が崩れる気配に、ユキエが少し俯く。横顔は私より寂しげに見えたが、どうなのだろう。ユキエは、私をどんな風に眺めていたのか。

「生活費が足りねえから寄越せって電話が、親からかかってくるようになった。仕方ねえから毎月いくらか送るようにしてたけど、なんやかんや理由つけて搾り取ろうとする奴らでな。結婚したのはちょうど、そんな頃だった。半年経って異動の辞令が下った時、俺はユキエを連れて行かずに実家へ行かせる選択をした。仕送りは増やせねえから嫁を手伝いに行かせるってな」

「耐えられると思って、行かせたんですか」

　ずっと黙っていた運転席の真志が、初めて口を開く。伏丘は少し間を置いて、いや、と零した。

「だましだましやって、無理になったら迎えに行けばいいと思ってた」

「迎えに来る気なんて、なかったでしょ。無理だと何度言ってもはぐらかして、ごまかし続けてた。今のあなたみたいに」

　ユキエの視線が、伏丘から真志へと移る。ユキエはここ数ヶ月の私達を見ていたから、よく分かっているのだろう。もしかしたら、私より真志のことを知っているのかもしれない。

「騙されて、それでも信じて待ってたけど。二年目の夏に、全部終わった」

掠れた声で告げたあと、ユキエは黙る。幽霊でいる時より理知的な印象だったが、相変わらず鉈を握り締めているし、伏丘を見る目も澱んで昏い。それだけでなく、体のあちこちから障りが少しずつ立ち上り始めている。

私の体が、蝕まれているのか。

「ユキエさん」

小さく呼んだ私に、ようやくユキエは反応した。光のない目を細めて薄く笑う表情が予想よりずっと邪悪に歪んでいて、ぞっとする。自分の体が悪用されているのだと、今頃になってようやく気づいた。

「よく似てるから、すごく居心地がいいの。でも、中身が違うからどんどん弱っていってる」

やっぱり、そういうことか。だから引き合ったのだ。

「せめて目的地に着くまで、返してやってくれないか。澪子はこれまで、あなたに傷つけられてもあなたを傷つけたことはなかったはずだ。あなたの敵じゃない」

ハンドルを操りながら交渉を試みる真志に、ユキエの表情を確かめる。

「返す気はないけど、安心して。体が壊れたとしても、この人の命には手が出せない。何回も連れて行こうとしたけど、無理だったから。でもどうして、守られる命と守られない命があるの？」

首を傾げ、口の端を片方だけ引き上げて笑むユキエをじっと見据えた。ユキエは応えるように少しずつ私に体を寄せ、顔を近づける。

「この人は確かに、死んで当然の人じゃない。じゃあ、私は？　死んで当然な理由でもあった？　いつあんな風に殴られて、切り刻まれて、殺されるようなことをした？　鉈であの男が手を切り落とした時、私は、まだ生きてた！」

間際で目を見開き視線を合わすユキエに、震える肌も噴き出す汗もないはずなのに、そんな心地がする。後ずさりたくても、恨みのこもる視線が絡みついて動けない。

「あなたが残忍な殺され方をしたのは分かってる。でも、澪子があなたを殺したわけじゃない。あなたが殺した四人も同じだ。なぜ、彼らを殺した」

「腹が立ったから。死んでまで、あんな扱いを受けるなんて。殺せると思わなかったけど、殺せたから殺したの。すっとした」

ユキエは瞬きもせず、私を見据えたまま理由を明かす。

――古いものには、どうしても念が宿りますのでね。扱いを間違えれば、災いを招きかねません。

不意に住職の言葉が思い出されるが、でも、あまりにも。

「でも、あなた自身が大切にされなかったわけじゃ」

「『私』よ！」

口を挟んだ私に叩きつけるように言い返し、ユキエは姿勢を戻す。執着と恨みで、見境を失くしてしまったのか。

「この人は優しいから、頼んだらこの体をくれるかもね」

座席にだらしなく凭れ、脚を組んだ。したことのない姿勢に、なんとなく恥ずかしくなってしまう。

「いい加減にしろ。お前が恨んでるのは俺だろ」

伏丘は低い声で、少し凄むように言った。私は思わずびくついたが、ユキエは無視して外を眺める。流れていく景色をぼんやりと追う寂しげな表情に、言葉を見つけられず俯いた。


やがて車は山に入り、鬱蒼と茂る針葉樹の中を上っていく。

「彼女が殺されたと、本当に知っていたんですか」

長い沈黙を破るように、真志が尋ねる。伏丘本人の口から答えを聞くまでは、信じられないのかもしれない。

「親が電話で『逃げた』と言った時、嘘だと思った。少し前に、兄貴が物を投げて脚が折れたかヒビが入ったと言ってたからな。そんな脚じゃ山は下りられねえだろうし、下りようとしたところで捜しに出られて連れ戻されるのが関の山だ。兄貴が殺したのを庇ってんだろうってな。でも、どうしても『本当に逃げた可能性』を捨てきれなかった」

伏丘の言葉に、真志は何も返さなかった。ユキエを亡くした現実からの逃避かキャリアを失うことを恐れてか、私には分からない。でも真志には、分かっているはずだ。

「家族が熊に襲われて死んだ時にも、ユキエの遺体が見つかった報告は上がらなかった。だから、ろくでもねえ俺を捨てて今頃はどっかでまともな男と幸せに暮らしてるって、信じることにしたんだ」

遺体は、破片も見つからなかったのか。切り刻んで茹でて……。

一瞬よぎった最悪の処理方法に、吐き気がして口元を押さえる。何も出るわけがないのを思い出して手を下ろし、肩で大きく息をした。一瞥した隣のユキエは前の話を聞いているのかいないのか、相変わらずぼんやりと窓外を眺めている。生命活動を失っている胃の辺りを撫で、もう一度深呼吸をした。

「お前でも、同じことをしてたはずだ」

さすがに、違うだろう。それに、もしそうだったとしても、骨は残るはずだ。

「いえ」

すぐ否定した真志に、ユキエから視線を移す。

「俺なら、行かせません」

「まあ、そうか。お前はな」

伏丘は鼻で笑ったあと、着いたぞ、と続ける。車が踏み入った場所はもう、ただの荒れ野原になっていた。

車から出るとすぐ、どこからか低く響く音が聞こえる。

「奥に川があるの。この音は、滝の音」

見回す私に教えたあと、鉈を手にしたユキエは枯れ草を掻き分けながらまっすぐどこかを目指す。

「あの日、私はここで死のうとした。首を吊って」

「暴力に、耐えられなくなったからですか」

足を止めて振り向いたユキエに、真志が尋ねる。ユキエは緩く頭を振って、伏丘を見た。

「それもあった。でも一番は……妊娠したから」

少し間を置いて伝えられた理由に、全員が固まる。当然、会いにもこない伏丘の子供ではないだろう。

「つわりの時はどうにかごまかせたけど、お腹が大きくなってきて、もう無理だと思った。あなたに知られる前に、死にたかった。でも脚が痛くて、歩きづらくて」

ユキエは、ようやく伏丘から視線を落とす。冷えた風が、枯れ草をざわめかせて吹き抜ける。ユキエは驚いたように体を縮こまらせて、腕をさすった。コートを忘れた身に、久し振りの肌寒さはこたえるだろう。真志が気づいてコートを脱ぎ、ユキエに着せた。

確かにそれは私の体だが、「私」にはしてくれたことがない。複雑なものを含んだ視線を送ったら、見えないはずなのにこちらを向いた。

「ロープの準備をしていたら、脚立を踏み外して転げ落ちた。その音で、あの人達が目を覚ましてしまった」

訥々と事実だけを伝え続けるユキエに、居た堪（たま）れない気分になる。

さっきから、ユキエは自分の思いを口にしていない。一番理解して欲しいのはかつての自分が抱いた痛みや悲しみ、苦しみのはずなのに。このままで、浮かばれるわけがない。

「私が自殺をしようとしてたことに気づいて、あの人達は怒り狂った。こんなに良くしてやってるのに恩を仇で返す気かって、私が意識を失うほど暴行し続けた。そして、意識朦朧となった私を死んだと勘違いした」

目まで潰すような、凄惨な暴行だ。生きていたとしても、既に虫の息だったのだろう。放置していても死ぬような状況なら、勘違いしていなくてもきっと同じことをしていたはずだ。助けるわけがない。

「あなたにバレないよう、すぐ証拠隠滅をすることに決めた。そのまま埋めたら気づかれるだろうって、まだ生きてる私を鉈で切り刻んで釜で煮た。そのあと削いだ肉や内臓は山に撒いて、骨は焼いて砕いて滝壺に捨てた」

人とは思えない所業を、ユキエは温度なく報告し終えた。伏丘は青ざめた表情で、ずっとユキエを見据えている。車を降りてから、まだ一度も口を開いていない。

「ああ、そういうことか」

真志が気づいた様子で、ユキエを見た。

「熊は、その裏山に撒かれた肉を食べて人の味と匂いを覚えた。だから、冬眠前に下りてきて三人を襲ったのか」

「そう。私の復讐を果たしてくれたのは、夫じゃなくて熊だった。悲鳴を上げて逃げ惑うあの人達が恐怖の中で死んでいく様子に、初めて胸が空いた。『助けて』って泣き叫ぶ声が、嬉しくて仕方なかった」

ようやく感情を口にしたが、手遅れだ。その頃にはもう、障りを抱く幽霊と化していたのだろう。簡単に言えば、怨霊だ。

再び膨れ上がった障りに呑まれていく自分の体を、ぼんやりと眺める。私はもう、戻れないのかもしれない。

「でもそのあとどこへ行けばいいのか、分からなかった。ようやく帰ってきたあなたについて行きたかったけど、途中であの家に引き戻されて、閉じ込められて。気づいたら、またばらばらにされて違う場所にいた」

「死んでいない」ことにして誰も弔わなかったから、こんなおかしなことになってしまったのだろう。恨みも執着も、道筋さえつけていれば、まだ間に合ったかもしれないのに。

「ユキエさん。私が必ずあなたを、行くべきところへ案内する。こんな悲しいままでは終わらせないから、だから」

「ありがとう。でもそれは、最後の恨みを晴らしてから」

ユキエの肩から、真志のコートが落ちた。ユキエは握り締めていた鉈を、伏丘に向けながら歩いて行く。

「この男を、この手で殺してから」

「待ってくれ」

立ちはだかるように割り込んだ真志は、向けられる鉈にも怯まずユキエを見下ろす。

「その体で殺せば、罪に問われるのは澪子だ。幽霊に乗り移られて殺したなんて通じない」

「そうね。妻が殺人を犯せば、あなたも刑事では」

「そうじゃねえ」

遮るように返して、真志は手を差し出す。

「貸せ。殺すんなら、俺がやる」

とんでもないことを言い出した真志に、慌てて滑り寄る。

「何言ってるの、馬鹿なこと言わないで！　だめ、渡さないで！」

真志の前に立ちはだかると、鉈が私の透けた腹に刺さっていた。ユキエは私と真志を温度のない目で交互に見たあと、鉈を真志へと差し出す。

「ユキエさん！」

「もしその人を助けようとしたら、即座にこの体を潰すから」

「分かってる。そのかわり、殺したら澪子に体を返せ」

真志は鉈を握り直して、振り向く。抵抗する様子のない伏丘を見据えて、表情を歪めた。

「お願い、やめて、やめて！」

泣きながら必死に鉈を掴もうとするが、当然、掴めるわけもない。躊躇う真志を見上げて、お願い、と縋るように訴える。

「早く！」

ユキエが、残酷な声で促す。だめだ、そんなのは。

「お前には、無理だ」

伏丘はぼそりと零すや否や、鉈を握る真志の手を摑んで捻り、自分より大きな体を舞わせるようにして転がした。しかし鉈は奪わず、どこかへ向かい走り始める。

そうか、滝か。

「伏丘さん！」

「お前の手を汚すまでもねえ、自分の落とし前は自分でつける」

後を追う真志に返して、伏丘は辿り着いた滝の傍で振り向いた。

「ユキエ、俺をお前のいるとこに沈めろ！」

ユキエに呼び掛けたあと、躊躇いなく後ろへ身を投げる。その声に応えるように、ユキエは勢いよく私の体から抜け出て続いた。

何か言う間もなく、私は吸い込まれるように本来の場所へと戻される。軽い目眩を振り切ったあと、まだ馴染みきらない体で滝の傍へと向かった。

「伏丘さんは？」

際から下を見る真志に声を掛け、私も覗き込む。ふらつく体を支えられながら確かめたのは、呆然と滝壺を見下ろすユキエの姿だった。

滝の高さは十メートルほどか、白い飛沫を散らす滝壺は底の見えない深い色をしている。淵に漂う枯れ葉は、くすみきった冬のものだ。この時季の水温では、もう助からないだろう。

ユキエはやがてゆっくりと、溶けるように消えていった。

「これで、行くべきところへ行けるのかな」

最後の表情を見るに、満ち足りての成仏ではないだろう。あれは。

「お前は帰ってこい」

俯いた私を、腕が掻き抱いて力を込める。

「でも、帰っても」

「帰ってきてくれ」

苦しげな声に、ユキエのいた辺りをじっと見つめる。

今の思いなんて、三日も経てば忘れるだろう。呼び出しの電話一本で、簡単に捨てられるのは分かっている。それでも。

私も、ユキエと同じだ。

頷くと、腕はまた力を込める。捨てきれないものを胸に確かめて、目を閉じた。


伏丘の遺体が収容されたのは、その二日後だった。滝壺の構造上、すぐに引き上げられる状態になかったらしい。真志は自殺として処理すると言ったが、ユキエの殺害事件を含めてどんな捜査が為(な)されたのか、藍子にどう説明したのかは、未(いま)だ聞かされていない。どうせ、話す気もないだろう。

最初こそこまめに帰宅していたが、少しずつ帰ってこなくなり、呼び出しの電話が鳴ってからは一度も顔を見ていない。予想どおりの展開だった。

一人で訪問した元日の義実家では、遠回しに「真志に恥を掻かせたのだからあのまま別れて欲しかった」と言われ、実家では直球で言われた。とはいえ、正直実家は意地でも離婚させると思っていたから、当時すんなり許したのは意外ではあった。いい加減私に呆れたのだろうと思っていたが、そうではなかった。

——泰生くんのご容態は、どうなの？　あまり良くないんでしょう？

美しく煮られた黒豆をつまみながら、母はまるで私が誰よりも知っているかのように尋ねた。だから真志とよりを戻したのだと思っていたらしい。凍りついた私の表情に行儀悪く箸先から黒豆を落として、やだわ、と優雅に慌てた。


元日を過ぎたとはいえ、三日はまだ正月真っ最中だ。それでも初めて足を踏み入れた都会の病院はそれなりに人の姿があって、驚きながら小綺麗なエレベーターに乗った。

泰生が倒れて救急搬送されたのは先月上旬、おそらくはあの時だろう。以来、「義弟や義母と同じ」原因不明の症状で衰弱しているらしい。本人にしか分からない理由だ。

予想より暖かい院内にマフラーを外しつつ、到着を待つ。点滅した『7』に一息ついて、いくつかの背に譲られながら箱を降りた。

泰生の病室は特別個室で、ベッド回りこそ病院らしいが、それ以外はまるでホテルのような設えだった。広々とした部屋には、個別のトイレはもちろん、バスルームに応接セットや大型テレビまである。

ただ、私の目を惹きつけたのは、そんなものではない。ベッドで休む泰生の上に浮く、大きな障りの玉だ。運動会で押した大玉を思い出すような、初めて見る大きさだった。当然、禍々しさもこれまで見たものとは比較にならない。濃密でべったりとした昏い玉は、見ているだけで息が浅くなる。

「泰生くん」

ベッド際で小さく声を掛けた私に、泰生は物憂げな視線を向ける。泰生自身も障りに呑まれて、昔のようにところどころからしか見えなくなっていた。

「来てくれたんだ。嬉しいな、もう一度会いたいと思ってた」

答えた声は掠れて、弱い。

「待ってて、今」

「いいよ。もう、消さなくていい」

昔のように触れようとした手を摑み、泰生は小さく咳をする。

「分かってて、俺に返したんでしょ。これが、澪ちゃんの答えだ」

確かに、そうだ。私には消しきれないから真志を救うために出処へ、泰生だと分かっていて送り返した。

泰生は指を絡めるようにして手を握り、弱く力を込める。温かいが、乾いていた。握り返しながらぼんやりと、幼い頃のことを思い出す。泰生が障りを扱えるようになったのは、長い間一緒に育ったせいだろう。

「障りを受け続けるうちに、同じ感触を他人に強くぶつければ、同じように苦しむことに気づいた。俺のように救ってくれる人がいなければ、そのまま死ぬことにもね。でも、人生で一番殺したいと願った相手は、十年掛けても殺せなかった。ずっと、守られてて」

結婚して以降、私が消し続けてきたうちのどれくらいが泰生からのものだったのだろう。九月の事件が起きてからの障りは、ほとんどがそうだったのかもしれない。

「正月三日に来られるくらいだから、もう放ったらかしなんでしょ。そんな人に、本当にこの指輪をつけ直すほどの価値がある？」

はめ直された指輪に触れながら、泰生は胸を揺らすことを囁く。

「そこの、引き出しの中に封筒が入ってるから、出してみて」

俯いた私を労るように、優しい声が促す。病室のものと思えない高級感あるサイドテーブルの引き出しを引くと、茶封筒が入っていた。手に取って見せると、泰生は障りを揺らめかせながら頷いた。

「探偵に探ってもらって分かった事実は、本当は全部で三つあった。でも最後の一つは切り札にするために、もう一部『二つしかなかった』体の報告書を作ってもらったんだ」

明かされた中身に、引き出す指が止まる。血がどこかへ引いていくような心地がして、泰生を映す視界が揺れた。まだ。まだ、裏切っていたのか。

「あの人は当然それを分かってるから、俺を脅した。だから、『澪ちゃんを口説くのを邪魔しないならこのままなかったことにする』って取引を持ち掛けたんだよ。取引に乗るなら、口説き落とせても落とせなくても秘密は守ると言った。あの人は粘って、最終的に『年内』って期限を切って乗った。でも結局、澪ちゃんが自分を選ぶよう邪魔をし続けただろ。それなら俺も、もう約束を守る理由はない」

障りの隙間に薄く笑む唇が見えて、視線を落とす。

——二度と会うな。

あれは、そういうことだったのか。

半ば自暴自棄で、折り畳まれた中身を勢いよく取り出す。写真が留められているのに気づいて、そっと開いた。

「児童養護施設にいる五歳の男の子に、週一回、会いに行ってた。探偵の調べでは三歳の時から預けてる子で、母親は亡くなって父親は不明。あの人は、母親の事故に関わった『おじさん』の体で接してるらしい。俺がＤＮＡ鑑定を求めたら拒否されたよ。できない事情があるんだろうね」

泰生の言葉に脳裏をよぎったのは、ユキエの声だ。

——わ、たしと……いっしょ。

藍子は、まさか。

写真はファミレスらしき場所で食事をしているものと、どこかの公園で鉄棒をしているものだった。私には見せたことのない優しい笑みを浮かべる真志に、腹の底に昏いものが湧く。

「澪ちゃん、俺と取引しない？」

掠れた声で持ち掛ける泰生に、写真から視線を移す。

「これは、俺がずっと燻らせてきた障りだよ。澪ちゃんがここにいる状態で、これをあの人にぶつければ三分もあれば死ぬ。俺はあの人を殺してこのまま死ぬ気だから、構わないのなら見逃して」

真志が今死ねば、誰にも知られず私は自由になれる。でもそれは、あまりにきれいな結末ではないだろうか。

「見逃せないのなら一度だけ、あの人を裏切ってくれないかな。どのみち俺は死ぬから、秘密は漏れないよ」

揺らめく障りの隙間から、泰生の優しい笑みが見えた。昔を思い出す、懐かしい笑みだ。

差し出された、痩せた手をじっと見つめる。

——お前はどんなに追い詰められても、救うカードが切れる人間だ。

「……二人とも」

続けそうになった昏い言葉を呑み込んで目を閉じると、温い涙が頬を伝った。

七、私にそっくりだから

「おかあたん」

「どうしたの？」

眠たげに目をこすって寝返りを打つ紗与子に、絵本を閉じて綿毛布を掛け直す。

「おとうたん、まだ？」

「うん。今日も遅くなるんだって。ごめんねって言ってたよ」

柔らかな髪を撫で、スタンドの灯りでも読み取れる寂しさを慰める。まだ朧な下がり眉も泣き出しそうな丸い目も、生まれた時から私に瓜二つだ。

「おとうたんに、けーきあげてね」

「うん、あげるよ。おいしいなーって食べてくれるよ」

頷いて小さな背をさするが、胸が痛む。どうせ今年も私が食べて「おいしかったって言ってたよ」と嘘をつくことになるのだろう。

「いっちょに、たべたかった」

絞り出すような切ない声に、唇を噛み締める。そうだね、と小さく返した時、玄関で物音がした。

「おとうたん！」

瞬時に跳ね起きた紗与子はベッドから飛び下り、玄関へ走って行く。

帰ってきたのか。

抜け殻となった綿毛布を整えて体を起こし、一息つく。立ち上がり掛けてふと、鏡に映る姿に気づいた。乱れた髪を片方に寄せて結び、疲れの隠せなくなった肌をさする。私が一日に四十になった約三週間後の今日、紗与子は四歳になった。

――子供、できたのか。

寝室に置いていた母子手帳を目敏く見つけたのは四年前の三月、「うん」と答えたらそこで終わった。それきり、何も聞かれたことはない。

改めて腰を上げ寝室を出ると、抱き上げられた紗与子が冷蔵庫からケーキを出すところだった。

――おとうたん、どれがつきかな。

自分の誕生日ケーキなのに、紗与子は真志の好む味を選びたがった。好きな料理を作って一人待ち続けた日々を思い出して、久し振りに胸がざわめいた。

「おとうたんのつきな、ちょこだよ」

「そうか、おいしそうだな。ありがとう」

たどたどしい紗与子の言葉に合わせてゆっくりと答えながら、真志はダイニングテーブルへ移動する。

「保育園は、楽しいか」

「うん。おりがみ、こういうの、いっぱいつくって、おばあたんたちにあげた。あと、おどった。えっとね」

身振り手振りを交えながら必死に敬老会の報告をする紗与子を見ていられず、背を向けてコーヒーを淹れる。落ち着かない胸を宥めるように、一人の作業に没頭した。


あとを真志に任せて作業部屋へ籠もり、途中だった紗与子のヘアゴム作りを再開する。

私の血を引いているせいか、紗与子も「くろいもの」が見えてしまう。でも保育園はアクセサリーやキーホルダーが禁止だから、身を守るにはヘアゴムに祈りを込めるしかない。

——与え与えられ、糸が布を織りなすように与しながら人生を全うすることができますように。

名付け親である住職は、紗与子にこの名を与えたあと誕生を待たず遷化した。亡くなった朝、切れるはずのない絹糸がふつりと切れてそれを知らせた。あれ以来、紗与子を守れるのは私だけになってしまった。どうすればいいのか、不安だけが募っていく。

作業の遅くなった手に溜め息をついた時、背後のドアが開いた。

「部屋に寝かせといた。あそこ、すごいことになってんな」

「叔母さんが、なんでも買っちゃうから」

紗与子の誕生を誰よりも喜んだのは叔母で、その時から財布の紐が緩みっぱなしなのだ。私に店長を譲った今も職人として働いてくれているから給与は出しているが、決して裕福ではない。でも、何度言っても「紗与子に似合いそうだから」「紗与子が好きそうだから」で服だのおもちゃだのを買ってくる。今年の誕生日プレゼントは、キッズテントだった。本人は秘密基地ができたようで喜んでいるが、七畳しかない子供部屋がもうカオスになっている。かつては、真志の部屋だった場所だ。

苦笑しつつちらりと向けた視線が、パンツの膝に糸引きを見つけてしまう。職業病だから仕方ない。

「ズボンの膝、糸引きしてるけど……あなたにかけつぎは要らないよね」

再び視線を手元に戻し、指先を滑る華奢なゴムを編み込む。

「何作ってんだ」

真志は適当なところに腰を下ろし、作業の手を眺める。四十を数年過ぎて白いものも目立ち始めてきたが、彫りの浅い顔に大きな変化はない。老眼が入って、携帯や新聞との距離を測るようになったくらいだろう。

「紗与子のヘアゴム。作っても作っても失くしたりあげたりしてくるから、量産しとくの」

極細のヘアゴムを四本取りにして編む特製のものは、本人希望でピンクにしていることもあって友達の目にも止まりやすい。これがなければ「くろいもの」が見えて怖いくせに、羨ましがられたら、簡単にあげてしまうのだ。そして、泣いて帰ってくる。

――だって、あげたかったんだもん。

自分を守るより他者の幸せを優先するその心が、誰にも食い潰されないように。守れるのは、私しかいない。

「あの子は私にそっくりだから、そのうち身勝手な男に食い潰されるのかもね」

一息ついて作業の手を止め、腰を上げる。そんな風に見つめられたら、進む手も進まない。物言いたげな真志の顔を見下ろして、苦笑する。言えるものなら、言えばいい。聞けるものなら。

「あなたには、少しも似てないから」

ぴくりと小さく反応した目元に満足し、部屋を出た。

秋になってまた紗与子が歌うようになったやきいもの歌を口ずさみながら、子供部屋へ向かう。常夜灯の下で寝息を立てる紗与子の肩口まで布団を引き上げ、手を握る。反射的に握り返した稚い手に一瞬、体が強張った。

――澪ちゃん。

蘇る声に溜め息をつき、そっと手を外す。

「大丈夫。あなただけは、どんなことをしても幸せにするから」

頭を撫でて腰を上げ、紗与子の上に浮かぶ障りの玉を眺める。泰生の器では葬りきれなかった余りが、その死と同時に紗与子へと受け継がれてしまった。ろくでもない置き土産だ。

少しずつ減らし続けて、残りは半分ほど。今のペースなら、あと五年くらいか。

「私は、あなたとは違うの。ユキエさん」

澱(よど)む障りを一握り摑(つか)んで手に移し、寝室へ向かった。

当たり前のように押し倒す手に逆らわず、首筋に吸いつく頭を抱き締める。押し込むように障りを中に入れ、骨の髄まで染み込むように願う。

刑事が殉職すれば、遺族には高額の賞恤金(しょうじゅつきん)が支給されるらしい。

何よりも大切な仕事で命を落とすなら、本望だろう。紗与子にも、悲しくも美しい父親の思い出しか残らない。できるだけ無惨に、華々しく散って欲しい。

小さく笑った私に気づいて、真志は顔を上げる。

「なんだ」

「紗与子がすごく喜んでたから、良かったと思って。私も」

薄暗い灯りの下でも分かる目つきに苦笑し、少しだけ柔らかくなった頰を撫でた。私はもう、弱くはない。

「もう少し、帰ってきて。待ってるから」

視線が多くを語る前に、引き寄せてキスをする。その内に溜まり続ける障りが全てを喰(く)い尽くして弾(はじ)ける日を楽しみに、私は生きていく。

「好きよ」

熱っぽい吐息の間に伝えて見つめると、真志の視線が少し揺らいだ。

本作は2022年から2023年にカクヨムで実施された第8回カクヨムWeb小説コンテストで〈ホラー部門〉特別賞を受賞した作品を、加筆修正したものです。

魚崎依知子（うおさき　いちこ）
2023年に「つまごい」（書籍化にあたって『夫恋殺　つまごいごろし』に改題）で第８回カクヨムWeb小説コンテスト〈ホラー部門〉特別賞を受賞。また『お宅の幽霊、成仏させます！　鳥取ハイブリッドADR事務所』で、第３回小さな今井大賞の優秀賞を受賞している。

夫恋殺　つまごいごろし

2024年３月21日　初版発行

著者／魚崎依知子

発行者／山下直久

発行／株式会社KADOKAWA
〒102-8177　東京都千代田区富士見2-13-3
電話　0570-002-301(ナビダイヤル)

印刷所／旭印刷株式会社

製本所／本間製本株式会社

●お問い合わせ
https://www.kadokawa.co.jp/（「お問い合わせ」へお進みください）
※内容によっては、お答えできない場合があります。
※サポートは日本国内のみとさせていただきます。
※Japanese text only

定価はカバーに表示してあります。

ISBN 978-4-04-114747-4　C0093